古镇
密码

谢耀德 著

陕西师范大学出版总社 西安

图书代号　WX24N1764

图书在版编目（CIP）数据

古镇密码 / 谢耀德著. -- 西安：陕西师范大学出版总社有限公司, 2025. 6. -- ISBN 978-7-5695-5565-3

Ⅰ. I247.81

中国国家版本馆CIP数据核字第2025T4Z117号

古镇密码
GUZHEN MIMA

谢耀德　著

出 版 人	刘东风
责任编辑	陈柳冬雪
责任校对	张　佩
封面设计	张潇伊
出版发行	陕西师范大学出版总社
	（西安市长安南路199号　邮编 710062）
网　　址	http://www.snupg.com
印　　刷	山东临沂新华印刷物流集团有限责任公司
开　　本	889 mm×1194 mm 1/32
印　　张	10.125
字　　数	170千
版　　次	2025年6月第1版
印　　次	2025年6月第1次印刷
书　　号	ISBN 978-7-5695-5565-3
定　　价	58.00元

读者购书、书店添货或发现印装质量问题，请与本公司营销部联系、调换。
电话：（029）85307864　85303629　　传真：（029）85303879

东城鸟瞰图(摄影:李江山)

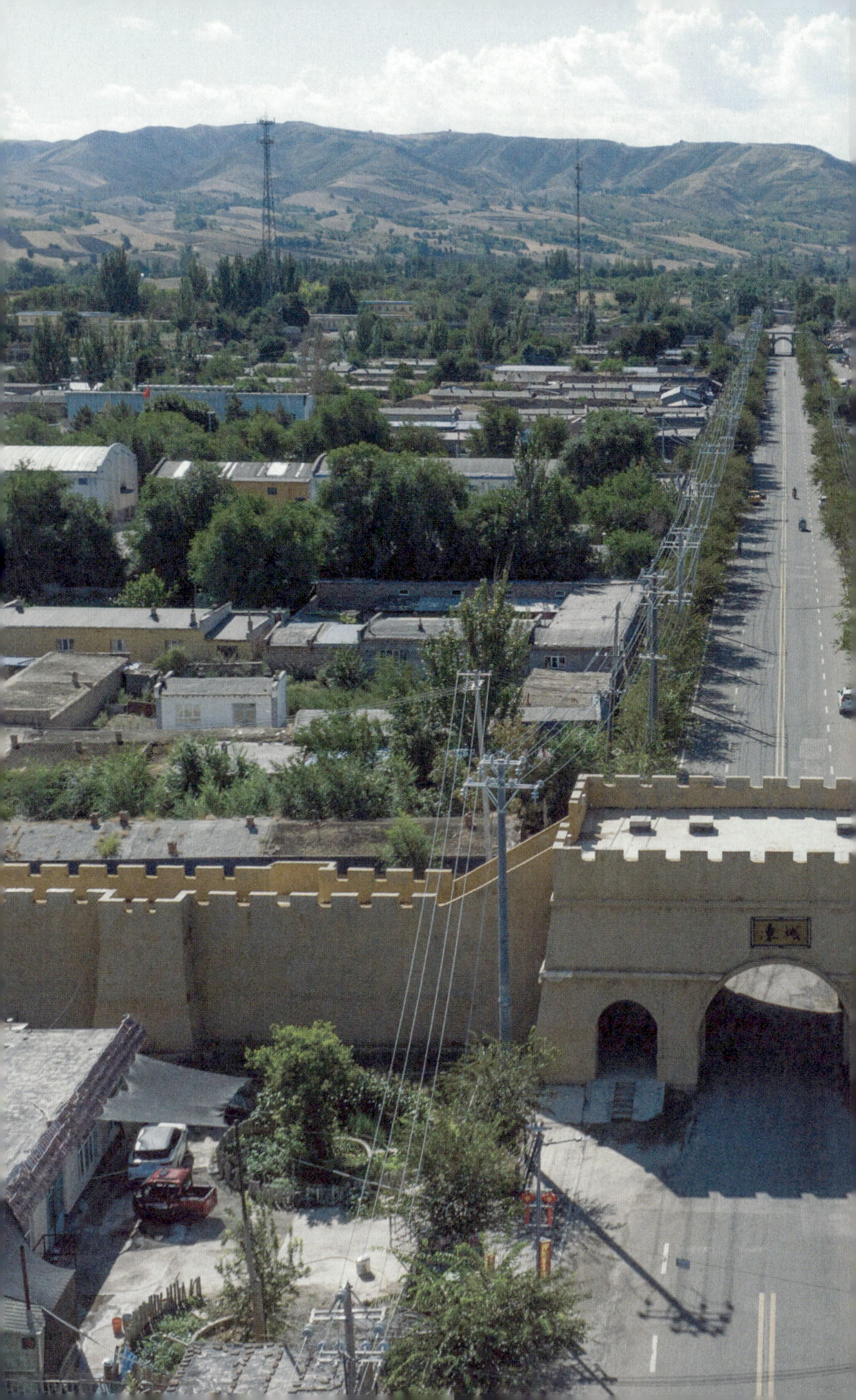

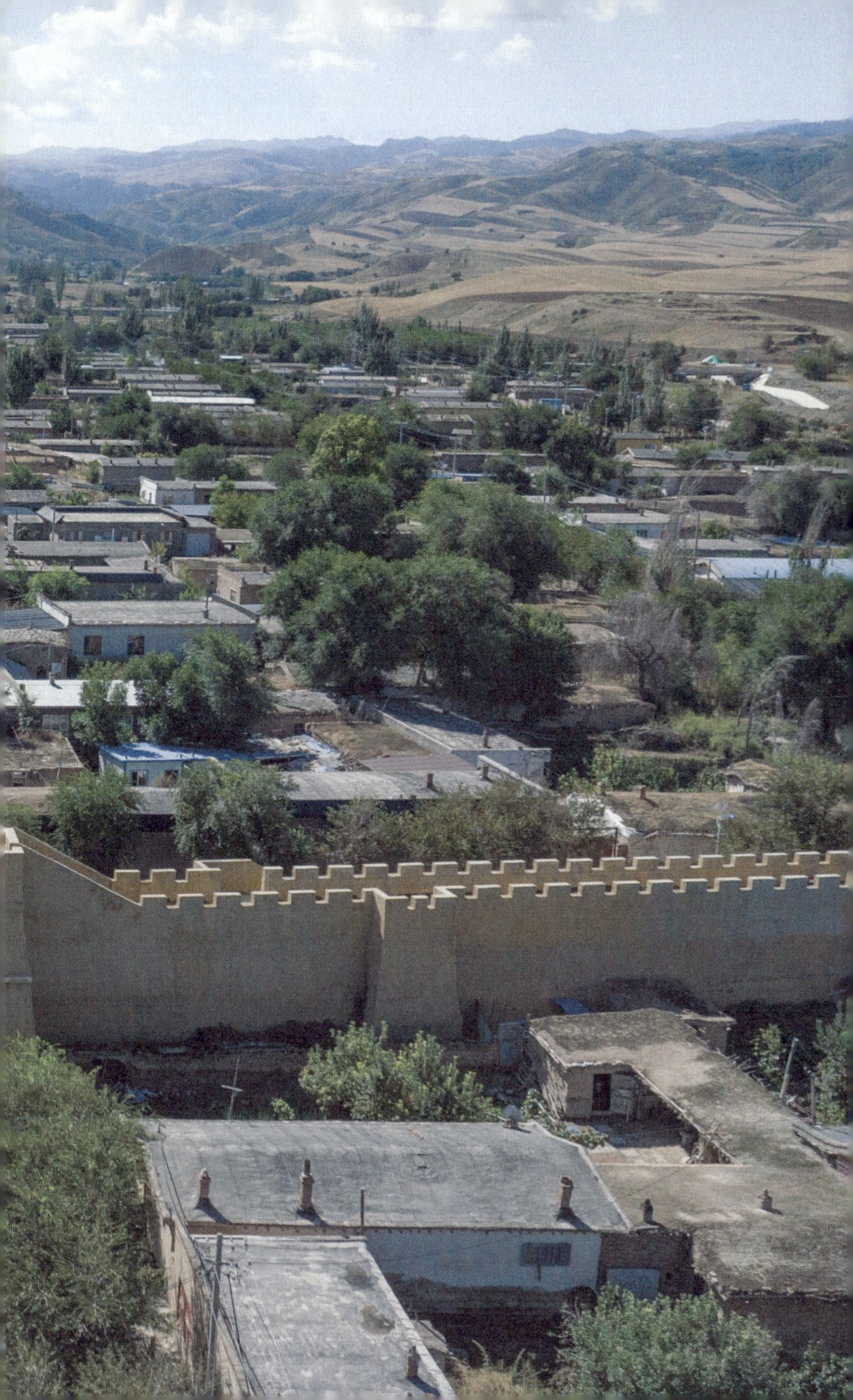

拔廊房（摄影：李江山）

序

一个人是应该有家乡的。我知道我这句话有语病,谁没有家乡?可我还是这样说了。我的意思其实是说,一个人不能忘了家乡。还有一个意思是说,我知道有许多人将没有家乡,往后一代一代的新人们,似乎都是没有家乡的。家乡不是孤零零戳在那儿的没有几棵树、没有泥土气息的高楼大厦,不是旅馆,不是高速公路,也不是熙熙攘攘的购物街。家乡是生你养你的充满草木气息的地方,是埋着你故去了的亲人的地方。

我这一代人已经是没有家乡的了。家乡只是一个近乎抽象的符号。我的孩子更是没有家乡,他们是漂泊的一代,有树无根的一代。

但是,我觉得耀德是有家乡的。我看了他的这部新近编就的散文集《古镇密码》,我要说他是幸福的。他自己说,他的祖辈们很久以前的家乡是在甘肃的民勤,他甚至曾经去专门寻找祖辈们家乡的痕迹。但命运又给了他一个家乡,这个家乡给了他这些有滋有味的文字。

人是要回乡的，不论是衣锦还乡，还是柳宗元那样的"近乡情更怯"。耀德的《回乡记》，简单过渡之后，不是去写人，而是来写狗。这是作文中的"独辟蹊径"法则。耀德自然也可以写人，但是从狗下手，独开一面，很新鲜。家乡，过去相熟的狗都不见了，"四眼"不见了，"土鳖"不见了，只有一条面孔很生的狗，"它冲我叫了两声，那土生土气的欢迎词——浓浓的乡音，让我热泪盈眶"。狗有了，自然人就有了。不需要多余的话，人就浓浓地"回乡"了。

家乡，自然是有人的，各种各样的人。大约人的思乡，除了风物，更多的应该是人。大抵是那样一些人，那样一些事，让我们怀恋家乡。

这本集子里面，有两个别致的人物，颇有写头，也颇有看头。《样板戏人生》一篇里的谷翰林，一个父辈是大地主的学生，曾在清华读过书的这个年轻人，在那十年内乱的命运该是幸运的。政治归政治，百姓的地老天荒归百姓，"天道"和"民道"有时候是不一样的。尽管是十年内乱，但是百姓的善良纯朴让谷翰林活了下来，以一个文化人的样子活了下来。虽然有政治的影响，谷翰林也只是被生产队长拉出来写写剧本。"不过，谷翰林真有两下子，他居然用一个晚上时间写出三个剧本"，而且"就在一个生产队两百多人中"，他能"那么准确地选出演员"。看来谷翰林不是那么简单一个文人,不仅识文,而且识人。这样一个人,他的内心究竟是怎么样的?

谷翰林也一直没有结婚。一个那样身份的人,谁敢嫁给他?可是他的才能还是引起了一个女子的爱慕,就是村里长得最漂亮、嗓子最好的姑娘,虽然没有结果。

谷翰林毕竟是幸运的,四十出头的时候,却有一个非文化人不嫁的塔城姑娘嫁给了他。那一定是冥冥之中,上苍赐给他的。

谷翰林的事,近乎小说。

祁秀才是另一个人。这个来古镇改造的上海人,大学生,在改造的时候,还是不忘躲在屋里面偷偷看书。因为队里收他的书,疯了。"很长一段时间,勺子祁秀才在古镇土街上游荡。有时还窜入学校,冷不丁抱着一个女生,鸟声鸟气说一顿阿拉话。"这个祁秀才,尽管疯了,但是因为有文化,有人在路上见到他,说:"来,老祁,写几个字。"他会文绉绉地笑一下,找来一根树枝,在地上写上一气。

祁秀才没有谷翰林那么幸运。

祁秀才的结局是有趣的。十几年以后,被他的兄弟接回上海那天,"邋遢得没一点人形的祁秀才,穿一身整洁的中山装,戴一副眼镜,显然一副学者模样、教授气度。见了人,他脸上略带笑容,表情文雅"。

我老是在想，祁秀才真的疯了么？也许是"众人皆醉我独醒"，祁秀才的鸟语，谁解其中味？！

祁秀才的事，似乎更是小说。

从这两篇看，耀德是会选择素材的，他也懂得怎么处理那样的素材。

耀德还写了许多动物。

他写狼，在《乡村狼事》里他写道："我想，天道应该包括人道和自然之道。"这里面有他的沉思在。

他写驴，在《驴这一辈子》里写叫驴，也就是公驴，即掌握有交配权的驴，"大约拥有过全村的草驴"。他写草驴，也就是母驴，写到农民寄予厚望的可以繁衍后代的母驴的不自在；也写自由自在的没人看重的草驴。他写骟驴，写"一头好骟驴只干了人的活，而驴的活，它一点没干"，都十分有趣。

他写麻雀，《麻雀会》里面，老人们会从麻雀的欢快叫声或者是争吵中，听出来年是风调雨顺，还是旱涝饥荒。这轻松得近乎游戏的背后，透露出生存的艰难。

这是他熟悉的生活，他少时的悲哀和欢乐都在其中。这也是我羡慕的。我如同漂泊旅人一样四处探访的，似乎就在他的口袋里，可以随时就掏出来写成一篇文字。

耀德还写了乡村的庙宇。那些消失在历史长河里的传统文化和乡野习俗，现在有的，仅仅是残缺不全的遗迹和散落民间的奇异故事传说，诸如《四道沟分水梁之谜》《三屯庄之谜》《三门对戏台》，从一座座古庙的兴衰里，可见古城的历史、古镇的变迁、人口的迁移，继而还原出百年古镇的原貌、古镇人的生产生活和他们的精神世界。也可以说，是解密这座百年古镇的密码。

这个集子里面也有所谓的文化类散文。耀德写《蒸饼》《石祖：四道沟遗址之魂》《井》，在这些陈述中也充满了情感。

耀德的语言，有不少出色的地方，但在某些篇章里面，也还稍稍有些芜杂。树上的果子，只有去尽枝叶之后，才看得更为清楚。当然，说起来容易，做起来难。即便鲁迅先生，看他的手稿本，方知道他删去了多少，才造就了他的简洁、犀利。

我对耀德的文字，是有期望的。他也是有能力的。生活给他的已经不少了，需要的只是静下心来，耐住性子，把它们写出来，写好。

人邻

2024年8月2日于兰州

人邻，中国作家协会会员。出版诗集《白纸上的风景》《最后的美》《晚安》《我已寂寞过了》，散文集《闲情偶拾》《桑麻之野》等，评传《百年巨匠齐白石》等。

目录

第一辑　东城记

回乡记 / 002

红山嘴 / 004

东城口 / 007

东城堡 / 009

碉堡梁 / 013

第二辑　东城小学记

第三辑　古镇人物记

样板戏人生 / 044

祁秀才误读《红楼梦》/ 060

古镇丽人 / 067

第四辑　古镇事物记

麻雀会 / 082

驴这一辈子 / 088

乌鸦 / 092

鹰嘴豆 / 101

蒸饼 / 107

小红马 / 112

第五辑　乡村游戏记

乡村游戏记 / 122

打髀石 / 124

抓石子 / 135

抓髀石 / 141

打桼桼 / 145

滚铁蛋 / 149

打老牛 / 153

骑毛驴 / 156

木头枪 / 159

打火枪 / 165

皮带枪 / 172

第六辑　乡村杂记

祖墓 / 178

乡村狼事 / 191

古镇鸽事 / 212

碉堡梁山洞探险记 / 221

石祖：四道沟遗址之魂 / 232

井 / 251

第七辑　古庙记

东吉尔玛台之谜 / 270

四道沟分水梁之谜 / 276

三屯庄之谜 / 281

乡约 / 287

古庙记 / 292

三门对戏台 / 299

后记 / 303

当我们进入繁荣时代而陷入迷惑时,必须寻找一种根的文化思考。

——题 记

第一辑 东城记

回 乡 记

东城，这是我出生的地方，也是我成长的地方。

这里曾住着我的亲人，也住过我的仇人。二十多年过去了，光阴没夺去什么，街还是那条土街。只是，古城不在了，我的亲人和仇人，都不在了。街道两旁，多了些店铺、饭馆、排档，及几栋青砖砌筑的新房。少了的，自然是旧年的土屋。街巷里走动的，都是些陌生面孔，少有相熟，仿佛我从来就没有来过这里。

街巷不远处，一条土狗向我走来。要是以前，我肯定知道它是牙狗，还是草狗，是张家的那条装腔作势叫一声就跑了的"四眼"，还是李家的那条悄悄跟在别人身后偷偷咬人家裤腿的"土鳖"。

土鳖，黑瘦身架，耷拉着耳朵，多像儿时那个没娘的黑蛋——戴一顶"栾平帽"，穿着破烂衣衫，饿着肚子，屁颠屁颠的，跟我们在田野里玩耍。

它孤零零的，走路还有些晃，肯定已过壮年步入老迈了，像邻居王五爷，想起没钱治病死去的五奶奶又抽多了土烟，灰沉沉的脸上没一丝血色。

它就这么平常地看着我，没有一点那些特别喜欢撒娇的宠物的娇气和腻味儿。它的眼神有些犹豫，像回忆似的，仿佛我多年前走失的玩伴。

它冲我叫了两声，那土声土气的欢迎词——浓浓的乡音，让我热泪盈眶。

故乡啊——

红 山 嘴

红山嘴是东城的衣领。

冬天,寒冷彻骨的山风,像一群怪兽,从领口直冲进来,铺天盖地的冷气,把白茫茫的村庄吹得颤颤巍巍的,仿佛世界末日最后一个村庄,冷不丁就从视线里消失了。

早晨,太阳升起来了。红彤彤的太阳,把整座山梁,连同阴面山坡上厚厚的白雪,映得通红,像给东城围了一条大红围巾。早起喂牲口的人,一边吆喝,一边把生产队里的牛马赶出圈去晒太阳。

严冬时节,数九寒天,这些大牲口们可享受了,饮水、喂草都有专人伺候,可以说养尊处优。好像它们自己也知道,入九以后,就该它们享受享受了。它们每天饱饱地吃着草料,足足地喝着清水,特别是午后,还享用一袋发酵过的豆瓣子饲料,那股子香味儿,真带劲!这些高头大马,一个个攒劲地嚼着,嘴里嘎嘣嘎嘣的,时不时地打个响鼻儿,甩一下长长的尾巴，那种惬意劲儿，没得说。那些壮实的黑牛黄牛们贪婪地吃着，互相看着，来不及细嚼就吞进肚里，生怕吃食被抢了去。等到了夜里，它们一个个卧在圈里，闭着眼睛，悠闲地反刍，慢慢地消化，那满口香气儿的生活，真是享受。等到开春了，所谓"九九加一九，犁头遍地走"的时候，牛儿们就该出力气了，架着犁头，拉着耙具，可没得消停。日复一日，年复一年，周而复始。大约，这也是一种命运。

或许，也正是因为如此，这些大牲口们，一年一年也学会了，享受别人伺候也就罢了，它们也越发尊荣起来，挺着那肥肥壮壮的腰身，在雪地上晃晃悠悠地散着步，拉着粪，晒着太阳，那股子悠闲劲儿，那种逍遥，那种做派，那种神气，活神仙似的。

山坡下，炊烟袅袅的雪屋里不时钻出几个孩子，各个虎头虎脑的，像装在棉衣棉裤里的小豹子，黑羊羔皮帽，白羊毛围巾，黄军布书包，呼着土豆咸菜味的热气，三三两两的，走在上学路上，嘎吱嘎吱，雪地上留下了乡村童年的印迹。孩子们胸前飘扬的红领巾，鲜艳的红，正是中国大地上最骄傲的红，最可爱的红，也是乡村梦里醒里的红。中国红！

傍晚时分，放学回来的孩子们带上自制的滑雪板、雪爬犁，快速地溜到小河上滑冰，也有的爬上碉堡梁滑雪，直到大人喊着回家吃晚饭才停止。再然后,围在小方桌上的煤油灯旁,做完功课就睡了。

夜晚的山风,在红山嘴上呼呼地吹着。任凭外面世界的寒风怎样猛烈地吹,孩子们在暖乎乎的土炕上早早进入梦乡。母亲们坐在土炉灶旁,一针一线纳着鞋底;父亲们抽着莫合烟,说着雪深雪浅、年长岁短,盘算着来年的农事,叹口气也睡了。

世界安静下来,耕牛在圈里反刍,村庄在雪国中沉寂。偶尔山那边偷渡的狼惊动了夜警的狗。夜空中的月亮,像秘密天使,将整座村庄拢在她神秘的幽蓝里。

东 城 口

东城口,是东城的门户。

老辈人讲,东城这个地方,曾经是丝绸古道上的一个小驿站。蒙古西征军经过时,这里叫东吉尔。清朝时建了座土城,改叫东城。

站在远处山上俯瞰,东城河谷的地形就像一件老式汗衫,南面的红山嘴是衣领,东西两面的山梁像两条胳膊,北面敞开的衣襟,就是东城口。东城口再往北面,就是一望无际的将军戈壁。戈壁尽头,是杳无人迹的大漠。

其实,要细说起来,东城口的历史可能比东城还要早一些,也不确定,史料上也没有更详细的记载。不过,我始终这么认为,因为它就在古道旁边,是木垒河通往奇台古城的必经之路。出木垒河驿站,向西穿越沟深谷险的咬牙沟,行进二十多里,就到了东城口驿站,民间一直叫东城口馆馆子,大约那时候酒馆饭馆云集吧,东进西出、南来北往的商客旅人都要在这里歇歇脚。东城口古道北面也有一座古城残垣遗迹，附近还有许多蜂窝似的土墙圈圈，可能是某个朝代驻军的营盘，或者战乱时期的遗存。那些汉唐的马队、西征的军队、清朝平息准噶尔叛乱的军队等，那些征服者和被征服者，都消失在茫茫戈壁荒漠。留下的，只是岁月的星灰，古城废墟、白骨和荒冢，而点燃大地希望的，是遥远村庄的袅袅炊烟和旷野里生生不息的青草。

每年春天，从大漠腹地卷地而来的西风，把村庄和城镇吹得灰头灰脸的，像传说中的女魔，妖气十足，恣意癫狂，随性发作时要把一切都带走。

就这样，风来来回回吹着，几十年里，岁月依旧。

东 城 堡

在东城生活了近二十年,始终没有看到过完整的城。其实,在我很小的时候,古城墙就只剩下东西两段了。20世纪80年代又轰倒了一大半。现在,连古城的背影也模糊了。

在历史上,东城最早的名称叫东吉尔玛台,蒙古语,意思是泉水沟,或者是有小鱼的溪流。传说它与成吉思汗西征有关。清乾隆年间在东吉尔玛台筑城垒,驻防绿营兵300余人,设粮管巡检一员,负责征收木垒河、东吉尔玛台、西吉尔玛台等几处屯区的粮草。奇台设县之后,东吉尔玛台修建了一座城堡,因东吉尔玛台城在奇台县城最东面,民间称这座城堡为东城。

东城古堡的城墙高十来米,墙底宽厚而坚实,墙头约一米宽,胆子大的,可以在上面跑步,胆小的,慢慢吞吞也能过去。城墙里面,以前都是乡村办事机构,那时候叫人民公社,有供销社、银行、信用社、邮电局、电影院等。俗话说,靠山吃山，靠水吃水。沿外墙居住的人，靠墙吃墙。有依墙建造房屋居住的，有沿墙搭建一排牛棚马圈的。有的干脆照着城墙挖个窑洞，当作自家的仓库。老人们说，城墙上的土是好土，土质很好，用麦草和泥上房顶，冬天不漏风，夏天不漏雨，四季保平安。

是啊，这可是东城大地上真正的土。从几百年前的地下挖出来，封土成围，夯筑成墙，坚固有力，它和古城一起见证了历史的变迁，经受了风雨的洗礼、岁月的沧桑，没有遭受更多人为的污染。不像后来，上化肥，打农药，翻江的翻江，蹈海的蹈海，岁月千奇百怪，土地千疮百孔。只有城墙上的土，也只有它们，保持了这片土地本来的面貌。黄土，颗粒清晰，太阳照射后，发出轻微的光芒。就像生活在这里的人一样，平平淡淡，普普通通，几百年来没有什么惊天动地的大事，也没出过一个叱咤风云的人物，岁月轻微，时光静寂，村庄安静得像一片空空荡荡的白纸，不知道也不需要知道外面的世界。

在古城的背影里，城墙上的黄土，依稀散落在田野、村庄和屋顶上。空旷的大地上，这些坚强的黄土，刻进了人们的皮肤，渗进了血液。但是，它们依然在夕阳里，发出轻微的光芒。

旷野的风轻轻吹着世界，也吹着古老的东城。古城里的事物，简单而普通，像城墙散落的黄土一样，像陈年的灰尘一样，散发着微弱的亮光。微弱，但不渺茫。就像散落在屋顶、树梢、河谷、田野的黄土自身，没有高低之分，也无贵贱之别，彼此相依，互相守望。它们自己照料自己，也在照料别人。它们自己照亮自己。像我现在一样，茫茫人海，用内心的词语表达内心的热爱。

在祖国辽阔的土地上，东城只是一小块，甚至，在地图上连一小点的位置也没有。现在，我站在碉堡梁上，站在童年曾经站着的位置上俯瞰，东城依然十分空廓。空廓而又沉静的东城，完整的城墙没有了。但是，古老的村庄，依然清晰、明亮。大地上呈现的，是时光匆忙的影子、纷繁的色彩、嘈杂的声音，一种说不清的滋味儿；说不清是痛，是幸福，还是什么……

我突然感觉我无比热爱的，就是这座古城，虽然没完整的城墙，但却依然叫城的地方，就是这片覆盖在古城上散落的黄土散发出轻微的光芒。

是的，风依然吹着。

在岁月的风景里，大块的云朵驮着天空缓缓移动，光秃秃的碉堡梁驮着岁月缓缓行走，从东城口而来的西风，穿过古城，穿过红山嘴，向密林深处而去。我隐约感觉到一些什么，是一道光,还是什么气息,正刺向我内心深处。

是的,世界正沿着自身的规律和方向前进,地球绕着太阳转,我们跟着地球转,所有的事物都在以自己的方式发展着,变化着,谁也阻挡不了时间的脚步,正如我们阻挡不了生老病死一样。

那么,就让伟大的更伟大一些,让渺小的再渺小一些。而我们卑微,我们只能在伟大和渺小之间,在内心与天堂之间,感受上苍赐予的幸福和美,这就是我对于世界、对于东城、对于生命,全部的爱和希望。

碉 堡 梁

其实，碉堡梁就是东城西面一座秃山，与我家老宅仅隔一条河，不足一里地远。碉堡梁上光秃秃的顶部，有一座圆形土碉堡，那里遗留着一段往事。

这座土碉堡是啥年代修建的？是谁修建的？具体情况谁也说不清。后来，据我初步考证，土碉堡应该是和东吉尔玛台城一起修建的。清政府为了巩固边防，屯垦戍边，修筑了大量的城堡和烽火台，从东城到奇台，有四座城、四座堡、十座烽火台之说。

我儿时的碉堡梁，是一座山，也是一片乐园。冬天了，这里是滑雪场；春天了，可以挖野菜；盛夏了，羊儿们一头钻进满坡青草里，碉堡梁就成为孩子们玩打仗游戏的战壕。

那时候，我总喜欢站在碉堡梁上看云。碧蓝透彻的天空，那洁白如雪的云朵，在东城上空，悠悠飘浮。有时，厚厚的云彩会遮住我的视线，但是很快，世界就清明起来。

太阳落山了，孩子们赶着牛羊回家了。南山谷纵深处，夜晚发情的母狼扭动肥硕的腰肢，向年轻公狼传递信号，夜的世界充满诱惑也充满欲望。

碉堡梁后面，野兔、田鼠搂着它们的孩子，在洞穴里熟睡。山野、村庄在夜空中沉寂下来，月亮照着光秃秃的碉堡梁，碉堡梁下的村庄，宁静又安详。

到了70年代，人们都在赶超建设社会主义。

东城是祖国大好河山的一部分，自然不能落后，人们便瞄准了眼前的这座碉堡梁。生产队敲锣打鼓，紧急动员社员开垦荒地。社员们群情激昂，扛着锄头，喊着口号就上了碉堡梁。大家伙儿铆足了劲，开垦梯田，植树造林。后来，碉堡梁上又种了粮食。在这片靠天吃饭的土地上，雨水充沛的年份，略有收成。遇上春旱，明知籽粒难收，父亲们依然从仓库里选好种子粮，疏疏朗朗地撒入田野，牛耕马耙，精耕细作，不落下一道工序。他们坚信，苍天不薄辛劳，可结果啊，人的粮食还不保，又莫名其妙闹起了鼠灾。村里组织大批人马开展灭鼠活动。人们满山遍野搜索老鼠洞，下毒饵料，灭鼠、灭虫，相应的，以鼠为食的鹰和蛇也被药死了不少，可老鼠问题却没有得到彻底解决。

那些老鼠、鹰、蛇的问题，现在想想，其实是自然界的问题，人类很难真正搞清楚的。

我再次来到碉堡梁，是2003年秋天的一个下午，秋高气爽，晴空万里。从碉堡梁向南望去，莽莽苍苍的山梁，绵延伸向远方，天地连接处，青紫色的山峦，云蒸雾绕。西山尽处的博格达雪峰，宛如一位女神，玉立群山之上，在蓝色天空的映衬下，更加神秘，更加迷人。

而现在，膨胀的人口加速了古城的消逝，但古城的面貌依旧。二十多年过去了，上了岁数的人已然消逝；与我年龄相近的年轻人，为生活打拼，为命运撰写岁月文章。而更小一些的，一个个又都变成了陌生面孔，仿佛我变成了外乡人了。

时光多么残酷啊！轻轻一挥，就将那么多记忆都抹去了，一切都模糊了。唯一清晰的，是碉堡梁，就如关于它的故事一样，存在着神秘的气息。

在喧闹的城市里，我的灵魂是孤独的。这一点无需掩饰，就像碉堡梁无需掩饰它光秃秃的裸原一样。每当我形单影只之时，一个人走向旷野，就感觉自己总是站在高高的碉堡梁上。东城缓慢平静的气息，影响着我和我的一生，那么清晰，那么自然，那么亲近，时光无法冲淡……

我在城市里行走，也在自己的身体里行走。我穿着城市的新衣，我的灵魂穿着我的旧衣裳。我轻易穿越一座城市，我的灵魂却无法穿越我的肉体。其实，在世界上，每个人都一样。生活沉重、感情沉重、岁月沉重、生命沉重，沉重却不是悲凉。就像碉堡梁，驮着光秃秃的山脊，在岁月里行走，阳光和白云伴随着它，春天和风雨拥抱着它，它是幸福的。

而我是一个纯情的自然写作者。我相信，我的身体只是我灵魂的旅店。我的灵魂在冥冥中游走，爱我的儿子和亲人，爱我的村庄和碉堡梁。

事实上，我相信像东城这样的自然村落肯定是落后的。我曾经去过内地许多发达的村镇。我怀疑那些"豪华新村"是被人为打造的，它们不经意散发出类似诸侯城邦的味道。一些发展快的村慢慢吞并了周边的贫困村，过不了多久，一些地理名词将会消逝。我现在的担心还不只这些，地理名词只是其次，我更加担心人的变化。

我时常在想，一个人心中能拥有一座小城就足够了，不必奢望世界名城——宽敞的马路、七彩的街巷。哪怕它就像东城一样，只有城之名，没有城之实，仅仅是一座内心之城，那也已经足够了。是的，我心中只拥有碉堡梁就足够了，不必考虑它有没有绿色植被，有没有高大的乔木，也不必追求天下的好山好水。

是啊，碉堡梁，古城一样沧桑的碉堡梁。在那个背着太阳生活的年代，那个只有月夜微光下休息的岁月，它曾经是牧场，给了我童年的快乐。它为东城做屏障，长过树，种过粮。现在，它粗糙的皮肤已失去了青春的翠绿，但依然保持了一座山的气势，伟人一般巍然耸立在古城西面，遮风挡沙。无论生活多么艰难，无论岁月多么荒凉，只要碉堡梁在，生活就在继续。

是的，碉堡梁。无论相距多么遥远，只要灵魂还在。是的，只要灵魂常在，正如我那苍老的父亲，一生平平常常普普通通，却依然英雄般矗立在我内心深处，照亮我的生活之路。

第二辑 东城小学记

前些年回木垒，朋友介绍我与东城小学校长王建锋见面。建锋很健谈，他跟我说，今年是母校八十周年华诞，学校正在策划庆祝活动，时间初定7月份，他也是为此事而来。建锋是"70后"，比我小几岁，沈家沟人，说起来我们还是亲戚。我们共同回顾了许多的老师和校友，校园生活、少年往事、故土情亲，仿佛时光重现。我们在宾馆房间里喝着茶，聊着天，不知不觉聊了两个多小时，我答应他，如果时间允许一定参加校庆。从随后的联系中得知，因某种原因，校庆活动时间可能有变，后面就没有细谈了。

国庆节后的某一天，建锋打来电话，说一周后要办校庆，问我能否回一趟东城。恰逢这段时间工作忙，时间紧，路途远，难以成行。

然而，此事却成为一块心病，时时记起。对于母校，实在有太多话要说，断断续续写下一篇文字，记录我所知道的有关母校的一些历史，题名《东城小学记》，以为纪念。

东城小学——从国立东吉尔学校到东城镇中心学校。东城小学，顾名思义，就是东城之小学。东城最早建立的学校是小学，后来建了中学，有初中，也有过高中，现在又变成小学。其实也不尽然，至少说不够准确。而要准确清楚地表述这一切，还需要翻开东城两百多年的历史，只要把这些陈年历史抖落清楚了，学校的历史也就一目了然。

东城古镇，清代中叶闻名北疆，至今已有二百五十余年。东城（史料上也写作东吉尔玛泰、东济尔马泰）。据说这个叫法与成吉思汗有关，这样一来，又把东城的历史往前延伸了三百年。可以想象，当年蒙古骑兵风尘仆仆来到东城地界，见到溪流淙淙、鱼儿畅游的河谷，一定大为欢喜，随口就喊："吉尔玛台！吉尔玛台！"他们来到东城西边的西吉尔，又看见同样的情景，于是就有了东吉尔玛台和西吉尔玛台两个地名，也就是后来的东吉尔和西吉尔。至今，西吉尔这个名称一直沿用。

其实，东城地界上古人类活动的历史有三千多年，位于东城镇南三里闻名遐迩的四道沟古人类村落文化遗址，是新疆地区发现最早的农耕文化遗址，被誉为"新疆的半坡文化"。然而，太久的历史都是文化遗迹，与东城小学无关。与学校关系最大的，还是东吉尔玛台。

据《清史稿》记载，乾隆二十四年（1759），朝廷平定准噶尔部叛乱，沿丝绸古道新北道修城筑垒，驻兵屯垦，在东吉尔玛台设管粮巡检司一名，归奇台通判管辖，主要负责管理木垒河、白杨河、西吉尔玛台、英格堡等五渠粮草收缴事宜。乾隆三十八年（1773年）建成东吉尔玛台城堡，驻军300余人。可见，清朝中叶这里就是一片繁华之地。官方称东吉尔玛台城，民间多叫东城，因为它是奇台以东最早最大最繁华的城堡。民国时期，官方称东吉尔玛台，后来还是叫东城。

东城最早的教育始于清末。据《木垒县志》记载，宣统二年（1910），王佐、张耀仁、张瑞基等人分别在旧户（今新户乡）、西吉尔、东城开办私塾。据说张瑞基先生办学时，每个学生每年的学费是一至两石粮食，这对于屯庄大户和陈家等富户自然不算什么，平常百姓人家肯定负担不起。

1911—1912年爆发了辛亥革命，清朝政府被推翻，中华民国建立。杨增新被国民政府任命为新疆省省长、督军。关于杨督军，老辈人都记得，原因也很简单，在民国新疆的几届执政者中，老督军关心百姓的生存，维护了新疆的稳定。查阅新疆历史，尤其是晚清民国时期，杨增新执掌新疆的十七年时间，没有发生过大的战乱。这当然与杨督军的执政思想和手段分不开。而内地军阀混战，战火连天。因为新疆局势相对稳定，东城古镇社会安定,私塾一直在办,直到1928年杨督军被暗杀。这段时间的私塾先生是否有变化,不得而知。不过,当地富户人家的孩子却是享受到了教育。

金树仁执政后,采取一些急功近利的政策,且推进太快,引发社会矛盾。金树仁是河州人,任人唯亲,重用了一批甘陕人,尤其是他的亲属同乡,民间流传"会说河州话,就把马刀挎";人称"尕司令"的西北枭雄马仲英带兵两次进入新疆;疆内"避难"的白俄军蠢蠢欲动,几个失意的少壮派联络手握重兵的盛世才意图夺权。各方势力伺机而动,内忧外患,金氏最终倒台。

盛世才上台后,发展教育也是盛氏新政的内容之一。1934年,盛世才提出的"八大宣言",第六条就是"扩充教育"。1935年提出的"九项任务",第二项就是"发展经济和提高文化"。1936年,在延安派来的共产党人的帮助下,盛世才制定了反帝、亲苏、民平、清廉、和平、建设的"六大政策",也吸引了内地的文化界人士来到新疆,比较有影响的是赵丹、沈雁冰、杜重远等人,他们对新疆的教育和文化发展起到了一定的积极作用。

那一段时间,对新疆教育做出贡献的,还有一支队伍,就是东北抗日义勇军的官兵们,尤其是在塔城、伊犁、喀什等地的义勇军官兵和他们的家属。他们是亲历过日寇侵略、饱尝过国破家亡和亲人离散的痛苦的战士，他们深知救国救民应该做些什么。他们力所能及为国出力，在边远地区大力兴资办学，据不完全统计，他们在三年时间内办起各类中小学校三百多所。最具代表性的，如著名抗日义勇军将领刘斌将军的夫人关岳铭创办的喀什区立女子学校。关岳铭还亲自担任第一任校长，招收维吾尔族和汉族学生，实行双语教育。时任塔城地区行政长官的义勇军官兵赵剑锋，发动地方"王公贵族"捐资创办了乌孜别克族学校、塔塔尔族学校、哈萨克族学校等等。

东城最早的官办学校是民国二十五年（1936）设立的国立东吉尔学校。

此时正是盛世才执政时期，也是他实行"六大政策"之初。这时候的盛世才，大业初定，雄心勃勃，梦想着要建立一个新新疆，实现他的独裁梦。不管盛世才怎么想，也不管后来人怎么评价，对当时的新疆来说，创办教育却是实实在在的好事情。

这时候，木垒县也遇上了一位难得的好县长，他叫董率真，是一位有思想的人。我查阅过《木垒县志》等文史资料，整个民国期间，从1930年木垒正式建县至1949年新疆和平解放，十九年时间先后有十七任县长（包括代理县长），董率真是第四任，执政一年八个月，口碑最好。他为人正直，整顿吏治，扶持生产，办学禁烟，深受百姓爱戴。时至今日，他惩治东城大烟鬼陈地主的事还在民间流传，老辈人提起了依然津津乐道、赞不绝口。他让偷偷在家抽大烟的前任县长修学校的事更是一段佳话。也正是因为他的坚持和努力，东城古镇开办起第一座正式的学校，这是具有历史意义的。凭着他的为人和慧眼，发现并任用东城地界上有文化有人望的赵文科先生当第一任校长是正常的，也是非常正确的，是千里马遇到了伯乐。有时候，历史就是这样巧合，他们的相遇就是一种机缘，也是东城小学的福分。

然而，董县长的好运却不长。他虽然努力贯彻盛世才的"六大政策"，大力办学禁烟，整顿吏治，但却遭人陷害，被盛世才撤职查办。民间传说这位董县长可不简单，曾经去过苏联，思想激进。不过，他的确是一位有思想的人，早在那个时代，他已发现当地老百姓过度砍伐山上的树木做烧柴将会造成水土流失，便积极倡导植树造林保护环境，应该是有先见的。据说董县长后来回到云南老家，他后来的信息，在史料中没有再见到过。

盛世才终归只是盛世才，不是盛世之主。随着时间的推移,长期积压的民生问题、民族和社会矛盾日益严重,相继发生暴动及草原巨匪乌斯满作乱,一系列重大事变让盛氏焦头烂额,他不得不向国民政府求救,国民政府中央军便进驻新疆,结束了他的独裁统治。

新疆和平解放后,东城划归西宁区。1950年国立东吉尔学校更名为木垒河西宁区第一小学,1958年更名为红星小学,1972年更名为东城小学。虽然我们也是深受那段历史影响的一代人,但平心而论,我却喜欢东城小学这个名称,因为我的小学就叫东城小学,中学叫东城中学,始终有一种亲切感。1982年恢复乡镇政权体制,学校更名为东城乡中心小学。2001年,随着撤乡建镇,学校更名为东城镇中心小学,先后合并了东城口小学、孙家沟小学、沈家沟小学等村级小学。2005年3月正式冠名为东城镇中心学校,成为木垒县乡镇办学规模最大的小学,招生范围辐射方圆四十里。

现在,东城镇中心学校下辖一个村级小学、三个幼儿园,学生共178名,由汉族、回族、维吾尔族、哈萨克族等组成,教职工52人。我查看了相关资料,中华民国建立之初的国立东吉尔学校共有学生169名,与六十多年后东城镇中心学校学生数量历史性地接近。难道是一种巧合?

赵氏四任校长——从赵文科到赵学义祖孙二人四任校长。

说起东城小学校校长,自1936年建校至今,共有二十一任。赵文科赵学义祖孙二人就当了四任,在东城百年历史上是要大写一笔的。

赵文科先生,人称赵校长,在东城鼎鼎大名,老辈人提起来,一个劲儿地赞赏,可见当年他是多么受人爱戴。他是甘肃河西人,满族,大约生于光绪十九年(1893),民国二十二年(1933)随马仲英的队伍进疆。

关于他来东城之前的历史,始终是个谜,尤其他与马仲英队伍的关系。我曾经采访过东城地界上几位八九十岁的老人,他们听说过一些事情,但也不确切。去年冬天去东城时,见到了我小学同学万寿八十多岁的老母亲,老人家清楚地记得,赵文科先生是民国二十二年到东城的,因为她就是那一年生的。老人家说她母亲始终跟她说这件事,应该没错。

1933年春天,马仲英兵分两路,一路从吐鲁番过干沟进攻迪化城,5月22日,马仲英率部在一碗泉集结兵力,第二天傍晚木垒河县城就被攻破。为避免杀戮,当地商会主动劝说西城抵抗士兵放下武器,各乡相继缴械。也就是说,赵文科先生是1933年5月底到东城的。

6月12日,马仲英在滋泥泉子与盛世才决战,是夜天降大雪，马军士兵身着单衣，冻伤无数，败退吐鲁番。马军败退之时，驻扎在木垒河、古城子、孚远城的士兵全部撤退。赵文科先生留了下来，开始在东城行医治病，人称赵郎中。在东城行医的，还有一位人称杜老五的，实际上是卖药材的，他为人也很善良，刚解放那年就去世了。杜老五的儿子后来成为东城中学很有名气的物理老师，我的哥哥姐姐都受教于他，我虽然没有听过他的课，却早知道他的大名，他的妻子倒是教过我。

赵文科先生为什么跟随马仲英的队伍而来？

这件事让我非常好奇，颇具神秘色彩，至今也不知其详。我曾经电话采访过他的两个孙子，赵学义和赵学军，他们现在也是爷爷辈的人了，对于他们的爷爷，许多事情也说不清，对于随军之事也不知确切，时间实在太久远了。或者，赵老先生真有什么难言之隐，不能告诉他人。但有一点是确切的，他不是军人。也就是说，他不是马仲英的兵，也没有做过啥坏事。东城老辈人都这么说。

据说，赵文科先生在甘肃河西也算是富裕户，从小受过教育，学过医。后来家族产业衰败，他离家行医为生，恰好遇上马军，被裹挟为后勤或者医务，都有可能。不过，无论如何，他在东城有口皆碑，是个好人，从未听说过他参与赌博之事。这是他的福分，也是东城的福分。

赵文科先生在东城行医行善，积下人望，人人都知道他是个先生，是个读书人。他有文化，有思想，有想法，时运来时，他的机会就来了。行医三年之后，即1936年，政府要在东吉尔设立国立学校，需要老师，需要校长，恰好遇上有一双慧眼的董率真县长，赵文科先生就成了不二人选。其实，那时候的学生不多，老师和校长合起来也就三两人。赵文科先生当了五六年校长，后来是杨文辉和易鹤先后接任。关于杨文辉，只知道他之前是比国立东吉尔学校晚两年成立的国立西吉尔学校的校长。易鹤先生是一位内地人，可能是黄河发大水迁移新疆的那批难民，他们中许多有文化的人到了新疆多以教书谋生。

十年后，也就是1946年年初，赵文科先生再次担任校长，又干了一年多时间。其间他加入中国国民党，担任过木垒河县第七党支部书记，党务活动主要是每周举行一次总理纪念周，每月举行一次月会。1948年之后，他不再担任校长。随着辽沈战役和平津战役的胜利，人民解放军大举南下，国民政府摇摇欲坠，木垒河县的国民党党部活动基本处于瘫痪状态。赵文科先生捡起老行当，开诊所行医。当地人还是习惯性地称呼他赵校长，人们似乎觉得，只有校长这个称谓才配得上他，才是对他的尊敬。

解放后成立东城卫生所，赵文科先生成为卫生所的大夫。

1955年，我祖母突发阑尾炎，请赵文科先生看过，说需要动手术。那时候卫生所条件实在简陋，木垒河县医院也不具备动手术的条件，更何况东城小镇。后来，父亲骑马驮着祖母去了木垒河，治了一段时间，祖母就去世了，母亲说祖母是疼死的。今年春天，我的阑尾炎复发，原本想保守治疗，不想三天后阑尾穿孔，不得不手术。阑尾炎的病痛我有亲身体会，祖母所受之罪可想而知。痛哉！

那段特殊时期，赵文科先生曾经的国民党员经历成为历史污点，他被下放到生产队，在大队当干事的儿子也受到牵连，回到生产队劳动。

赵文科先生是1976年7月20日离世的。他最小的孙子赵学军先生跟我微信聊天时曾自豪地说："我爷爷和毛主席是同一年出生的，跟毛主席同一年去世的……"

是啊，赵文科先生也是个了不起的人，在东城百年历史上极具影响力，是值得后人尊敬的。

关于赵文科，还有一些事情需要交代。他进新疆之前有一房妻室，生有一子，到东城之后，又娶一妻，生有二子。几年后，前妻带着儿子来新疆投奔他，赵文科先生置地置房，安排他们母子种地生活。长子叫赵生荣，生有三子，赵生荣长子赵学仁完成学业，后来支援南疆，几年后到了鄯善，当过县长。

赵生荣次子赵学义中学毕业后一直教学，1972年初当了小学校长，直到1980年。

那段时期，我父亲是生产队党支部书记，作为工农兵先进分子走进学校。那是1976年年初，父亲任东城小学党支部书记，代政治课，也是勉为其难。父亲打小没进过一天学堂，是在农民扫盲班识的字，勉强能够读懂报纸。不过那时候讲课好像容易些，念课文，板书，改作业，考试，判卷子。这样过了两年，父亲又回到了生产队。

父亲在学校时，与赵学义校长是搭档，他们两个人，一个负责党务，一个负责行政，也算合得来，关系处得一直不错。

赵学义因病离开校长岗位后，先后由郭永焱和李炳丁接任。1986年年初，赵学义再次担任校长，又干了两年。

从赵文科先生1936年任校长至其孙赵学义1988年卸任，东城小学走过了五十多个春秋，不容易啊！祖孙二人对东城教育事业立下了不朽功勋，这是值得人们记忆的。

赵学义卸任校长之后，先后由杨佩芝、周振武、武山海、金生庆担任校长，这些老师我都非常熟悉，金生庆还是我家邻居。金生庆之后，就是现任校长王建锋，四十出头的他已经担任了十一年，是年轻的老校长了，他对学校建设发展到目前的规模付出了许多努力。

东城教育密码——**东城教育闻名一时的秘密是什么。**老辈人说,清末民初,东城地界商客云集,城城子周围到处是油坊醋坊、酒肆商铺、票号当铺、药铺杂货铺,要有尽有,非常热闹,可以说,是古城子(今奇台)东面最热闹的地方。商客农夫、贩夫走卒,都"东城、东城"地叫着,时间久了,原本的"东吉尔玛台""东吉尔"这些官方名称,都没有"东城"这个名号来得简洁明了,还那么形象、大气,且有一种名副其实的厚重味道。

解放初年,新疆的教育基础非常薄弱,全疆只有七所中学,天山东部几个县只有一所中学——奇台中学。1952年考入奇台中学的18名木垒学生中,有10名是东城的,这批学生后来有7名考入乌鲁木齐市第一师范,当时师范班只有19名学生。第一师范始建于光绪三十二年(1906),是新疆最早的中等学堂,名气很大。对东城这样一个偏远小镇而言,不能不说是一个奇迹。

然而,这个奇迹又是怎样发生的?要说清这一点,还必须回顾一下中国教育的发展。

夏商周三朝,夏朝是中国历史上最早的国家形态,实际上是部落联盟。夏桀残暴,鸣条之战,殷革夏命。商纣荒淫,周伐商汤,牧野之战,周代殷商。西周时期,周天子始终保持天下共主的威权,到了东周时期,周室衰微,诸侯并起,国家进入分裂时期,出现了春秋五霸。公元前403年,韩赵魏位列诸侯之后,战国七雄割据一方。前后几百年间,出现了老子、孔子、庄子等一大批思想家、哲学家,诸子百家,群星灿烂,创建了中华民族的哲学思想和传统文化体系,对中国历史乃至世界历史影响深远。

在漫长的历史演进过程中,各民族共同创造了悠久的中国历史、灿烂的中华文化。秦汉雄风、盛唐气象、康乾盛世是各民族共同铸就的辉煌。很长一段时间,长安都是世界的中心,丝绸之路的起点。随着时间的推移,封建统治僵死的体制在一定程度上约束了人们的思维,阻碍了思想文化的发展。

历史推进了两千年,鸦片战争之后,西方列强用坚船利炮打开了中国的大门,也让自诩天朝盛世的国人开始觉醒,一些先知先觉者已经意识到了中国与西方的差距。如果说,春秋战国时期是思想大发展时期,那么五四时期就是思想启蒙与发展时期。

中国古代的教育,最早可以追溯到夏代,《孟子·滕文公上》:"夏曰校,殷曰序,周曰庠。"商朝称为"序",周朝称为"庠"。"序"又分"东序""西序",东序在国都之东,是贵族子弟入学之地;西序在国都西郊,是平民学习之所。春秋时期，官学没落，孔子首创私塾，诸子百家各自办学，私学兴起。汉武帝时期创立太学，汉质帝时期太学生人数达到三万人，这种规模于当时实属罕见。隋初设国子学，隋文帝改为国子寺，隋炀帝改为国子监，自此，中国古代最早的教育管理机构成立。宋元时期，非官非私的书院在南方流行，慢慢地，以官学、私学、书院为代表的中国古代三大教育体系初步形成。

在教育内容上，西周时期的国学和乡学主要学习六艺。汉代以来，主要教育内容是四书五经。明清时期的社学主要负责乡村儿童的启蒙教育。

中国最早的新式小学堂出现在洋务运动期间。光绪三十年（1904），清朝政府公布并实施了"癸卯学制"，把中国教育推上近代化轨道。癸卯学制的实施，极大地推进了新式教育的发展。新式学堂有别于传统私塾，新式教育对未来中国而言，具有划时代意义。传统私塾属开蒙教育，学的是六艺，还有《三字经》《百家姓》《千字文》之类。新式教育借鉴了西方的教育模式，增添了自然科学和社会科学内容。五四运动之前，国民政府颁发了《小学校令》和《国民学校令》，要求各县大力开办高等小学校和国民学校，并且通过立法的方式废除小学读经，采用新编的教科书，主要有国语、算术、自然、修身，还开有体育、音乐、公民、常识（自然、历史、地理）等，一些条件好的学校还有英文、大楷、小楷、美术（图画）、手工（劳作）、游戏等课程。新式教育要求老师在教学方法上，注重学生理解，依据学生心理循循善诱，按照课堂节奏循序渐进，系统掌握科学知识。课堂之外，还增加了课外活动，调节学习气氛，丰富学生生活，开展各项体育活动强身健体。

相对于全国，新疆的新式教育稍晚一些，自然有新疆偏远等特殊因素。相对于周边，东城的新式教育还算跟得上。奇台新式教育比较早，早在宣统二年（1910），奇台县设立官办学校三所，均是新式教育。木垒河的第一所新式学校是1935年由娘娘庙改建的学校。真正的官办学校是1936年建的国立木垒河学校与国立东吉尔学校，相对较晚。

十年树木，百年树人。十多年之后，东城富家子弟受到了教育的恩惠，成为有文化的新人。解放之初，国立东吉尔学校成为周边最好的学校之一，有两方面原因：一是师资力量较强，二是教育基础扎实。

奇台中学1951年成立，是当时新疆仅有的七所中学之一，是天山东部唯一的一所中学，教学水平很高，许多老师都是从内地来疆的大学教授，还有一名北京的教授是英国剑桥大学留学生。四年后，也就是1955年，10名东城学生全部考到乌鲁木齐市第一师范、八一农学院、省干校等，轰动一时，成为东城的骄傲。时至今日，我父亲还说他们是东城的第一批大学生。他们中有7人成为专家、教授和高级教师。他们是：张明生、武正元、何开发、何天寿、张国才、曹继德、王开选。张明生考入八一农学院没有去上，后来考到北京邮电学院，毕业后分配到西安机电厂，成为高级工程师。我小时候听说他是一位军工专家，非常好奇，据说他每次探亲回新疆有警卫保护。这件事在一定程度上也影响到了我，高考那年我也曾梦想过军事院校，不过没有成功。武正元在乌鲁木齐市第一师范毕业后，在市第六中学当了一年教师，后被推荐到北京师范大学进修两年，之后到石家庄一所中学当教师，成为高级教师。何开发从第一师范毕业后到了新疆师范大学，成为教授。何天寿在第一师范毕业后到喀什二中教学，成为高级教师。张国才在第一师范毕业后去了英格堡学校，成为高级教师。家在水磨沟的王开选一直在东城读书，他从第一师范毕业后被分配到八一中学，后来成为高级教师。

这一批人基本上都是1936年前后出生的，与我父亲年龄相仿，有几位跟他是小时候的玩伴。他们大部分都是富家子弟，至少也算是富裕户。我祖父身体残疾，靠钉鞋补鞋糊口，一家人生活困难，父亲自然没有机会上学。后来，我电话采访张国才先生时，他告诉我一些事情让我非常惊奇。他说："我在乌鲁木齐市第一师范读书时还学习过你父亲。"那是1959年春天，刚满二十一岁的父亲担任新成立的上游公社二大队副队长，因为出色的劳动被评为自治区劳模，《新疆日报》报道了他的事迹。关于这件事，我听父亲说起过，那时候他正申请加入共青团，当模范后直接批准入团，并且出席了县团代会，成为主席团成员。说起这段往事，父亲总是很激动，苍老的脸庞顿时焕发出亮堂堂的光芒，非常自豪。

是啊！父亲应该自豪。虽然家境贫寒上不起学，他却凭着一股不服输的干劲和勇气，干出来了，成为劳动模范，成为全疆人民学习的榜样。当他的那些家庭富裕一直上学的玩伴们在乌鲁木齐市第一师范上学时开始学习他，他们心里会是怎样想的？我问过他们中的一位，他笑了笑说："你的父亲很能干！"其实，我真的想知道他们当时的真实想法。因为，我之前知道一些有关全国劳模到大学演讲的事情，时代不同，或许许多情形也不一样。但是，究竟怎么个不一样法，时过境迁，已经无法知道了。他们中的大部分人已经七老八十，行动不便，也或思维不灵了，没有办法详细交流。我想，如果父亲当时知道他的那些玩伴们在新疆最高学府——乌鲁木齐市第一师范学校学习他这位劳模，又是一种怎样的心情呢？时至今日，说起这件事时，他老人家笑得很开心，那种自豪无以言表。

可是，毕竟父亲没有文化，最终还得跟土地打交道，这是父亲的遗憾。关于父亲的这些遗憾事，我在《父亲的自传》一文中做了比较详尽的讲述。

说起那一批人，还有一位不得不提，那就是刘月英，年龄大约比张国才他们小两三岁。她是东城第一位考进省城乌鲁木齐市的女学生，可谓东城才女，为后来人树立了榜样。而她上学之后的情况就不得而知了。

我们的读书经历——我家兄妹的读书经历也是一段历史记录。因为祖父祖母过早离世，父亲十七岁就结婚了。母亲与父亲同岁，他们十八岁就为人父母，在那个时代或许也算正常之事。父亲没有上过学，母亲在1951—1952年读了两年书，而我们兄妹六人全部完成了学业，也算完成了父母的学业，也完成了他们的心愿。

我大哥生于1956年，1964年入学。大哥上学时，学校叫红星小学，在老学校西面的一座四合院里。其实也算不上四合院，一面是围墙，两面是教室，大门对面是几间老师的办公室。老学校就是国立东吉尔学校旧址，成立之初是利用乡公所的公用房。民国末年，政局动荡，乡公所的一部分房屋曾经被警察局占用，老学校曾驻扎过新疆省军的民族连、马仲英部的一个排、马步芳骑兵第五军的一个连。1957年人民公社搬迁至此，学校迁到西边的院落，先后经历了赵文科等九位校长，历时二十年。

大哥上学那年，第十任校长王伟德刚上任。两年后，二哥也走进红星小学，他在《我的小学时代》里有一段回忆："吃过早饭，我背着母亲缝制的书包，踩着泥泞弯曲的乡间车马道，跟着哥哥来到了学校。因学校离家远，以前不曾去过，一无所知，傻呆呆跟着老师进教室安排座位……"

二哥是1967年春天入校的，大部分时间都去学工学农了。高年级学工，低年级学农，学工就是捡动物骨头熬制肥皂，上山挖矿石加工粉笔。其实做的都是残次品，要说收获，或许就是让学生们了解了肥皂和粉笔的简单加工过程。大哥二哥都在学农组，在公社大院有一块菜地里除草施肥，也没学到什么科学知识。

我出生的第二年，即1969年，姐姐入校，还在红星小学。一年后，大哥小学毕业去了农业中学。农中在四道沟，离家有三四里地，大哥每天早晨一大早就去上学了。

姐姐上三年级那年，三哥也入学了。姐姐说，那段时间她们在学校的主要任务是挖防空洞。防空洞的洞口在教室里，从讲台前面的空地向下挖，老师和年龄大一些的男同学在地下掘土挖洞，挖出的土装在兔儿条框里吊上来，再由地面上的学生运送到校园外面的空地上。姐姐说，那时候她们每天都要提土，小个儿的学生两个人抬着框走路也很费劲，不过她们干的却很快乐。

姐姐上四年级时，也就是1972年，学校迁至古城堡东北角坡地上，寄骨殖庙遗址那一片，正式改名东城小学。学校的校舍都是新建的，校园地面高低不平，学生们又开始平整地面，继续修建校舍的劳动。

1974年秋天，大哥在县城读了两年高中毕业后，回村里做了代课教师，第二年春天入伍。

第二年秋天，我跟着上五年级的三哥踏进东城小学大门，开始了小学阶段的学习生活。在课本上看到了"深挖洞，广积粮！"的口号，我似乎隐隐约约记起姐姐曾经说过那些事情。

细想起来，我上小学时还有些捣蛋，曾经跟着班上年龄大点的学生从屯庄水洞里钻进去摘树上的杏子，翻越公社果园围墙摘小苹果，亮过相，受过批，也挨过父亲的责罚。上中学的姐姐和三哥都很优秀，一直是三好学生，他们的表现经常传到小学，也让我惭愧不已。

我上小学三年级时，妹妹跟着我上了小学。这时候，"四人帮"已经被打倒，我们曾写过标语，喊过口号。记得最清楚的，是对越自卫反击战，每天都要听老师读报纸，听战斗英雄的故事。那时候还要写读后感，老山前线、猫耳洞、地雷密布、炮火连天，从老师那里借来的一份报纸，我们几个人一起看，一边看一边记下故事细节。

二哥初中毕业后，在生产大队学习开拖拉机。二哥喜欢折腾，他给我们做过飞机模型，恢复高考后，他每天坚持学习，最终考入乌鲁木齐技校。两年后，也就是1979年，姐姐高中毕业、三哥初中毕业，他们一起考学到了昌吉，一个在卫校、一个在农机学校，虽然都是中专，但在东城也非常不简单。

至此，我们家的一切开始好转。大哥在部队提了干，后来进入新疆维吾尔自治区人民政府工作，再后来从厅局级岗位退休。我大学毕业后一直在国企工作，边读书边创作，也算一位业余作家。二十多年来，我曾多次回木垒，两次专门带着妻儿去东城回忆往事。儿子高中毕业后，成功考进意大利米兰理工建筑学院，开始了他的留学生涯。

第三辑　古镇人物记

样板戏人生

一

谷翰林大约是古镇上最有学问的人,也是学问最深的人。他到底有多大的学问,人们一直没弄清楚。不过有一件事让村里人印象深刻。

那是20世纪70年代。那一阵,全国上下兴唱"样板戏"。那时候,也不知是谁向队里推荐了谷翰林,请他出来排戏。

谷翰林是60年代来古镇的。据说之前在清华大学读书,后落户在我们隔壁的一个生产队,住在我家不远的一户人家。他戴一副眼镜,看上去普普通通,不像装满知识的样子。

不过,村里的人没有文化,总以为他叫古汉林,没有注意到他叫谷翰林。要是现在,你瞧瞧"翰林"两个字就够了,那是有学问人家的气派。庄稼汉的孩子,大多起个诸如狗蛋、铁蛋、军军、平平之类的名字就够好的了,哪有那么多文化,哪知道翰林是干嘛的。

是啊，他的名字就叫翰林，他父亲大约想让他入朝为官做个翰林，光耀门楣。没有想到历史巨变，帝制被推翻了，他父亲让他光宗耀祖的梦想破灭了。

而谷翰林呢，他是如何想的？

关于这个问题，人们从来没有想过。后来，人们回忆古镇的时候时常想起他来。唉，那时候的谷翰林心里的苦真叫苦啊。

对生产队来说，谷翰林，这个有文化的人肯定是能排戏的。就这样，谷翰林就被队长拉出来做总指导，拿现在的话说，就是总导演。那时候，农村的条件极差，吃饱肚子都很困难，别说唱戏排练了。不过，谷翰林真有两下子，他居然用一个晚上时间写出三个剧本：《红灯记》《刘胡兰》《沙家浜》。剧本有了，就开始在全队男女老少中选演员，队长招来村里的铁匠、木匠、缝衣匠们，做服装，做道具，置办舞台所需各种器械器材，短短几天时间就进入排练阶段。

夏季，正值农忙，所有参加排练的人，白天要从事生产劳动，晚上点上马灯，在生产队的大库房里排练。很难想象，那时候的人热情怎么那么高。村里那些懵懵懂懂的孩子，经常去看热闹。那段时间，孩子们只是凑了热闹，感觉新鲜、好奇罢了。记得扮演李铁梅的，是田西瓜的小嫂子，刚从老家来，一口苏北话，一张口笑得人肚子疼。扮演大胡子张全保的铁根，大字不识几个，也记不住台词，动作僵硬得跟木偶似的，常常由嘴胡说。有时候，他现场发挥的还有那么回事儿。

事实上，大部分演员都是目不识丁的庄稼汉。谷翰林对他们呢，与其说是他一字一句教出来、一段儿一段儿的训练出来的，不如说是他一个人一个人、一个动作一个动作、一个表情一个表情、一个细节一个细节，慢慢琢磨和培养出来的。

盛夏季节，山村的夜晚安详而寂静，明月高照四野，夜空星宿闪烁，夜风吹着山谷和田野，生产队的库房里，一群庄稼汉在昏暗的马灯下排着戏。

日子，就这么一夜一夜地翻过。慢慢地，他们的戏也有了形状，演戏的人也慢慢进入角色，出了些味道。

秋收后，公社样板戏会演，谷翰林搬出的三台大戏，一下子轰动了古镇。

那天晚上，这群庄稼汉演员们真把戏演绝了，好像他们将所有的情感和艺术细胞都融入戏中了，悲的时候真的哭了出来，是悲泣，是悲愤交加。愤怒时，两眼冒火，面容改色，如熊熊之火在胸中燃烧，恨得咬牙切齿。尤其是刘胡兰的扮演者李巧儿，把这位十五岁的女共产党员，面对敌人铡刀所表现出来的那种大义凛然，演得活灵活现。那一刻，他们好像不是我熟悉的村民了,而是真正的革命战士,是那场战斗中的正面人物和反面人物。那场戏把全场观众一下拉进那场残酷的大革命洪流中。演出结束时,观众们竟然忘了鼓掌,人们眼中噙着热泪,依然置身于那惨烈、悲壮,充满豪情的历史情景和回忆里。等到谢幕之后才惊醒,举起握铁锨和镰刀的粗糙而结实的双手,报以热烈的掌声,经久不息。

那场戏,最令人震撼的,是"刘胡兰"。刘胡兰是那个时代我们心目中的英雄。这样的榜样还有《闪闪的红星》中的潘冬子,《鸡毛信》中的海娃,还有小兵张嘎……

其实,关于刘胡兰,当时的孩子们所知甚少,只是读过一篇文章,还有一本小画册,记住了一首歌谣:刘胡兰,十五岁,参加革命游击队……

刘胡兰是山西省文水县云周西村人。她是1932年出生的,她的父亲刘景谦是个老实巴交的贫农,一家人生活很苦。"卢沟桥事变"后,抗日烽火席卷全国,她的童年也经历了火与血的洗礼。她从小目睹了敌人的残暴和战争的惨烈。她八岁丧母,十岁成为儿童团长,站岗、放哨,为八路军送情报。十三岁参加了当地党组织开展的妇女干部训练班,十四岁就被分配到云周西村做妇女工作,并且成为候补党员。一年后,由于叛徒出卖,不幸被捕,面对敌人的利诱,她回答说:"给我一个金人也不自白。"刘胡兰被铡死时，年仅十五岁。刘胡兰是已知的中国共产党历史上年龄最小的女烈士。

刘胡兰牺牲后，被追认为中共正式党员。"生的伟大，死的光荣"，是伟大领袖毛主席给刘胡兰的题词。"怕死不当共产党。"这是刘胡兰临死前的最后一句话，也可以说是她留给世人的遗言。现在听来，依然令人敬仰。

时至今日，她的生，依然很伟大；她的死，也依然很伟大。

1971年，云周西村更名为刘胡兰村。正如左权县、志丹县、尚志县一样，刘胡兰的英雄事迹和精神，完全够得上一个村庄的名号。

二

后来，在县里举行样板戏大赛上，谷翰林带着他的演出队拿了大奖，包括刘胡兰的扮演者李巧儿，大胡子张全保的扮演者铁根，党代表扮演者梁队长，都出了点小名。最出名的，是杨桃花，她是李铁梅的扮演者。

杨桃花是村里长得最漂亮、嗓子最亮的姑娘，据说谷翰林特别喜欢她，而杨桃花对谷翰林有没有特别的情愫，没有人说得清。后来有人说她欣赏他的才华，大约是排练的时候吧，谷翰林教她台词、教她唱歌的时候。

谷翰林真是个人才，编剧本，说台词，唱歌，舞蹈，乐器，几乎样样精通。所有的服装、道具，都是他一一布置的，有的还由他亲手制作，或者指点铁匠、木匠们做。孩子们一直不明白，当时队上的人为什么那么听他的话，他说什么，别人就做什么，他怎么说，别人就怎么做，不讲条件，不计辛苦，大家都很努力，唯恐做不好。杨桃花也不例外，并且，她还比别人更加努力，更加辛苦，因为她是主角，是这场戏的灵魂人物之一，不能有丝毫马虎。

杨桃花的汗水没有白流，她的天分高，进步快，常常得到谷翰林的夸奖。这夸奖吧，头次、二次，大家可能也没多在意，次数多了就有人留意了。

一次排练的时候，田西瓜的小嫂子嗓音老打转，估计是来了例假。谷翰林一个光棍汉自然没注意到，他批评田西瓜的小嫂子不认真，要她向杨桃花学习。天下的女人都是醋坛子，田西瓜的小嫂子就有些不乐意了。其实谷翰林当时并不知道，他在村里女人中间可抢眼了。他经常表扬杨桃花，就已经让几个女演员心里不舒服了。不过，她们再怎么不舒服，也不敢表现出来，因为她们都是些大姑娘。田西瓜的小嫂子可不一样了，她可是天天跟男人在一起的。田西瓜的小嫂子说："谁能跟桃花比呀，人家可是古镇最俊俏的姑娘，是人家梦里的月亮……"

田西瓜的小嫂子这么一说，大家伙儿都乐了，两个人的脸就立马红了，一个自然是杨桃花，另一个就是谷翰林。原本大家并没有往那边想，杨桃花是不是有那心思，谷翰林呢，或许有，或许没有，没有人知道。

原本大家以为，谷翰林会发点脾气，至少也会说田西瓜的小嫂子一顿。没有想到，谷翰林清了清嗓子，自己也笑起来。笑过之后，他磕磕绊绊地说："大家白天收庄稼，晚上搞排练，实在辛苦了，就笑一笑吧。笑，可以解乏！"

在场所有的人都哈哈哈大笑起来，大家笑得真开心。

"笑可以解乏"，村里的孩子们第一次听说，也就记住了。后来，孩子们还知道，笑不但可以解乏，还可以延年益寿。笑一笑，十年少。以后，大凡身心疲惫之时，就会笑一下。遇到不开心的事情了，也笑一下，让它过去，一笑泯恩仇。

谷翰林和杨桃花那时候到底谈恋爱了没有，村里的孩子们不知道，因为那时的孩子根本不知道啥叫"恋爱"，也就不知道啥叫"谈恋爱"了。只是懵懵懂懂地感觉，那可能是男人和女人之间的秘密。

不过，有一天晚上队里开会，大头去凑热闹，就坐在谷翰林旁边，谷翰林旁边是杨桃花，杨桃花旁边是小兵哥。小兵哥长得帅气，枪法很准，村里民兵队每年射击比赛，他总得第一，我们都很羡慕。后来，大头迷迷糊糊睡着了，隐约听到他们小声说着话，好像杨桃花说她爹她妈意见不一，具体怎么回事，没听清，她跟谁说的也不知道，也没在意。大头把这事跟嘎蛋子说了，嘎蛋子愣了一会儿神，啥也没说。

后来的一件事，让村里人好生怀疑。

那年夏天，村里发生了一件怪事。那天下午，妇女们都在胡麻地薅草，李婶去芦苇丛方便，正值盛夏，芦苇茂密，她解开裤带刚蹲下，不知被啥东西擦了下身，一阵火辣辣的痛，她哎呀一声惊叫，提起裤子慌慌张张跑回来。人们听到她的惊叫，哗啦啦赶过来，问她怎么了，她一边系裤腰，一边哆嗦着说："哎呀，撞见鬼了！"

队长骂道："大白天，抽啥子风。"

李婶支支吾吾说："好像，看见两个影子，心里慌张，就……"

队长哼了一声，紧接说道："越说越玄乎了，难道是对鸳鸯。"

李婶忙点头说道："好像是的。当时把我吓了一跳，眨眼工夫，突然冒出个白花花的影子，以为撞见鬼了。"

队长撇了下嘴，示意李婶继续说。

李婶说："那两个影子看见我，哗一闪没了，消失在芦苇深处不见踪影。"

队长瞪了她一眼，冷笑道："接着编呀，你没看清长啥样吗？"

李婶挠了挠头，又摇了摇头。

队长挖苦式看了看李婶。

几个男人说要去追，队长骂道："没球事干了，别听她胡说八道。"

大家都认为李婶看花眼了，也没当真。李婶是个寡妇，平时心眼多，偷奸耍滑是有的，眼神也差点，这一点大家都知道。有人说是她偷懒磨洋工。李婶争辩说，那天真是见鬼，刚拔了一阵草就闹肚子，干活的男人多，只好去芦苇地，结果就撞了鬼。

后来，有好事之人跟她开起玩笑，说是她想男人想的。李婶也不生气，反而卖起关子，神秘兮兮地说，那身影看上去文绉绉的，像个唱戏的。有人说，那身段儿一定是个丫鬟吧，李婶嘿嘿嘿笑起来，那是当然，非常好看哩。谁也没想到，这些开玩笑的话，传着就变了味，更有人说是谁跟谁了，一时风言风语。

这话传到杨桃花爹耳朵里,他莫名其妙发起脾气。当年秋天,杨桃花就出嫁了。

芦苇地到底是咋回事?

李婶后来才跟队长婆姨说,都是她瞎咧咧的,为自己的尴尬开脱的玩笑话。队长婆姨跟队长说了,队长笑得喷了饭,跟婆姨说:"这李寡妇,真他娘的该找个男人治一治了。"

虽说如此,那些风言风语却一直没有停息,总有人疑神疑鬼。嗨,李婶千不该万不该,她不该瞎咧咧。常言道,祸从口出,这句话一点不假。

后来有人说,要是没有李婶那档子事,不知杨桃花结局会怎样。

三

村里人说,杨桃花和谷翰林确实是清白的。

谷翰林初来古镇,就让嘎蛋子爹给碰上了,后来就住在他家隔壁。嘎蛋子爹曾是走江湖的,一路走南闯北,结识不少的朋友。嘎蛋子爹可不是省油的灯,几句话就探出了谷翰林的学问。谷翰林也就不好意思隐瞒了,每天晚上跟嘎蛋子爹聊天,说故事。谷翰林读书多,嘎蛋子爹知道的故事也不少,两个人扯扯拉拉很投机。

嘎蛋子爹早年跑过江湖，跟他来往的人多，都是五湖四海的江湖朋友。很快，谷翰林会说书的事儿就传开了，老老少少的人都听说了，在那个极度贫乏的年月，知识分子谷翰林满肚子的故事，很快就变成了古镇上的人们茶余饭后的文化晚餐。那时候，孩子们经常光顾他家。再说了，他光棍一条，孩子们去了也热闹。事实上，最初光顾他家的也不只村里的孩子，有些爱听书的大人，包括几个爱热闹的老头老太太也去。谷翰林对谁都很热情，毕竟他是逃难到这里的，是古镇人收留了他。好像这里的每个人，无论大人小孩，都是他的恩人，他总是很小心，很谦卑。他曾给我们讲过《说唐演义全传》《说岳全传》《七侠五义》之类。

后来，也不知道是谁向上反映，说谷翰林蛊惑人心，宣传反动思想。这事闹起一阵风波，上面来人调查，搜查了他的住处，除了几本古书，一无所获。调查队走访街坊邻居，四邻老少都说他做人本本分分，做事老老实实，没有偷没有抢，也没有坏思想。

事情虽然就这么过去了，可是谷翰林却更加胆小了，仿佛有一种愧疚感，或者是内心始终有一丝慌恐、不安，这些是孩子们无法体会的。

虽然他被审查的事已经过去，没有人怀疑他了，不过他说书的历史使命好像也结束了。加上他的内地口音太重，大多听不懂。刚开始都说凑热闹，后来，去的人就越来越少。不过，毛孩子们不管那些，有时候没事干，隔三岔五还去。

村里的几个孩子到谷翰林家，碰上了杨桃花，那时候正在排练样板戏，杨桃花跟谷翰林学戏。杨桃花好看，孩子们最喜欢，想留下来看他们学戏。可是，每次孩子们想要多看一会的时候，杨桃花却不乐意，说有事情就走了。孩子们不明就里，待一会也就出去玩儿了。

杨桃花嫁给了小兵哥，村里人都觉得很般配，他们也的确过得很幸福。

另外几个样板戏的演员，命运各异。铁根是个粗人，做事莽撞，三四十岁才娶了个女人，靠种地攒了点钱，听说后来被人骗了。为人忠厚的老队长，一生没犯过啥大错，包产到户后不再当队长了，种了几年地，收成不好，养了几十只羊。最幸福的，据说是田西瓜的小嫂子，两个女儿先后考了学，一家人搬进城里生活了。

四

好长时间以来，人们一直没想明白，就在一个生产队两百多人中，谷翰林一个人，就那么准确地选出演员，所有的剧目都是他一手编写的,所有演员都是他亲自指导训练的,所有的道具都是他指导制作的,在短短几个月时间,成功地排练了三台大戏,这个瘦弱的文人太神奇了。

不过样板戏之后,谷翰林便默默无闻,只是生产队给他安排了一些比较清闲的活,比如看麦地、记工分等。他白天干活,晚上一个人点一盏小油灯看书。他看的多是繁体字的古书,别人借去了也看不懂。村里的孩子们还时不时去他那里听书,他的故事从来没给孩子们讲完过,无论什么时候,不管你提起什么人,他都能讲一处,从不乱套。不过他的内地口音实在太重,太难听,太难懂,我们经常学,经常笑话,他倒是从来不生气,孩子们学他,他也学孩子们,大家就一起笑。笑一笑,十年少……

70年代末,谷翰林被中学请去当语文老师。听说,他讲课浓重的内地口音,学生们听不明白,他只好板书,一手漂亮的板书叫学生们抄得不亦乐乎。不过他指点的作文非常好,在学校无人能比。

谷翰林在古镇待了近二十年,四十出头了,始终没结婚。别人倒是给介绍过两个,一个是许家的寡妇。她丈夫许天才在山上遭遇塌方,被压死了。翻过年,按照村里的习俗,守寡的女人就可以嫁人了。许寡妇人长得大大方方,带着一儿一女,她婆婆舍不得两个孙子，想让媳妇嫁到本地，有人就向谷翰林托了媒。之前，谷翰林跟许天才关系不错，排样板戏的时候，许天才还扮了个群众角色。有时候，许天才还叫谷翰林到自家吃饭，他媳妇能干，做一手好饭，谷翰林还夸嫂子饭香。谷翰林平时不大说话，尤其是跟妇女们话更少。不知为什么，这件事，一直没有下文。

村里有人说，许天才的媳妇再好，毕竟是个寡妇，还带着两个孩子，人家谷翰林毕竟是有文化的人。也有人说，嗨，文化不文化的能干啥，只要人好，土地肥沃，春耕秋收，生活囫囵，一年四季，平平安安，那才叫福。

之后跟谷翰林扯上关系的，是胡麻子的傻丫头胖妞。胡麻子的老婆是个聋子，又黑又胖，胖妞却生得白白净净。村里人私下里开胡麻子的玩笑说，两个黑馒头，和在一起就变成白馒头了，雪白雪白的白。胡麻子听了，不但不恼，反而喜滋滋地笑着，一脸的得意。看着他那副得意样儿，人们也来火了，心里骂道："你娘的胡麻子，肯定偷吃队伍里的白面了。"

那年排样板戏，有人建议，由胖妞扮演刘胡兰。村里人大多不识字，以为英雄刘胡兰的名字叫刘虎兰，是老虎的虎，虎虎生气，虎虎生威。胖妞也就十六七岁，与刘胡兰的年龄相当。再说，胖妞确有那么一股子虎气，有人说是一种傻气，也有人说是一副天不怕地不怕的英雄气。胡麻子听说了,心里挺高兴的,他这一高兴就坏了事。有人说,胡麻子的历史有问题。

胡麻子从过军,当年看管女俘虏时出了点问题。那女俘虏是地主的小老婆,长得漂亮,后来逃跑了。胡麻子因此受了处分。是那地主小老婆为了逃命勾引了胡麻子,还是胡麻子一时糊涂违反了纪律?最终的定论,反正那小地主婆是从他手里逃跑的,他逃脱不了干系,后来就回乡养伤了。

胖妞最终没能扮演刘胡兰,是不是因为这个原因,还是胖妞的自身条件真的不合适,反正,她落选了,胖妞非常伤心。后来不知是谁闲的没事,给胖妞点火,说那年排样板戏,要不是你麻子老爹那点破事,你早扮演刘胡兰了,在全村全县人面前演戏,要多风光有多风光。那人还说,其实人家谷翰林一直很喜欢她。胖妞听了,高兴得不得了,每天往谷翰林处跑,帮他洗衣做饭,让谷翰林哭笑不得。

大约80年代初,有人牵线,塔城那边有个吃公家饭的城市姑娘,三十好几了一直没结婚,说一定要找个有学问的人。媒人一撮合,两人都觉得满意,谷翰林就去了塔城,听说在那边中学教书。

二十多年后,大约古镇人已经把他遗忘了。不过,村里的孩子们始终记得，记得这个曾在特殊历史时期为古镇创造了文化的有学问的人。在那个特殊年代，他给村里排了戏，让一群目不识丁的庄稼汉当了一把演员，完美地回顾了那场难忘的红色革命历史，把革命者的英雄豪情和人间的美好感情表现得淋漓尽致，把反面人物的丑恶嘴脸暴露无遗。大头后来说，对于那个时候他的记忆非常深刻，也对什么是好人、什么是坏人有了一种更直观的认识，至今还记得那几个扮演者的名字。

是的，古镇始终记得这位清华学人。然而，像谷翰林这样一个有学问的人，古镇没有留住他也许是古镇的悲哀了。

祁秀才误读《红楼梦》

提起祁秀才，上年纪的人都知道，他是古镇出了名的勺子。

祁秀才是上海人，大学生，20世纪60年代来古镇的，是从城市到农村来进行劳动改造的。

初来古镇时，祁秀才在生产队参加劳动。一个知识分子，只会握书写圣贤文字的小笔杆子，自然拿不动铁锨锄头。他还没干几天活，身上就出毛病了，腰酸背痛，满手血泡。村里人都是世世代代干活的农民，天天干，月月干，年年干，手上都是厚厚的茧子，腰身也硬朗，只要能吃饱饭，哪有什么问题。对于祁秀才干活时歪歪扭扭的样子，村里人实在看不惯，说他是赖病。

后来，祁秀才以生病为名，干脆躲在屋里看书，据说他整天看的是《红楼梦》。在当时，《红楼梦》可是禁书，是毒草，队里收了他的书，据说他拼着命要抢回书时，被队长带的几个壮汉一顿打。祁秀才急了，骂他们粗鄙、莽夫、流氓。队长气坏了，命人往死里打。几个壮汉，雨点般的拳头，祁秀才趴在地上，一天没有起来。邻居老太太以为他死了，叫人进去看，还有一口气。老太太可怜他，叫孙子端了碗剩饭，算是救了他一命。后来祁秀才就疯了，整天傻呆呆的。

关于这件事，就是祁秀才因整天看《红楼梦》被打这件事，后来另有说法。

据说是他勾引了邻居家的姑娘。这个姑娘叫赵香莲，当时在读高中，不知怎么回事，鬼使神差就喜欢上了祁秀才。赵香莲长一张圆脸，非常好看，跟《红楼梦》里的那个叫香莲的姑娘还真有几分相似。赵香莲非常喜欢读书，常到祁秀才那里借书。祁秀才不但给她借书，还向她推荐、讲解，不知不觉，赵香莲就喜欢上了祁秀才的学问。赵香莲常去祁秀才那里，引起了她母亲的注意。

有一次，赵香莲的母亲悄悄跟踪她，到祁秀才窗下，他们两个人正在谈《红楼梦》。赵香莲的母亲毕竟是个干部家庭，知道《红楼梦》是禁书，非常害怕，立马将赵香莲叫回了家。她母亲将此事告诉了丈夫。赵香莲的爹可不是一般人，他是公社的干部，这还了得。当天晚上，祁秀才就被人一顿毒打。

据说祁秀才被毒打之后，赵香莲跪在她爹面前给祁秀才求饶，遭到拒绝。听说赵香莲曾以死相威胁，被她爹关在家里好几天不让上学。她爹说，要是她再敢找祁秀才，就把她送到荒戈壁上的劳改队去，晒死她。赵香莲最终屈服了，高中毕业后嫁到县城。

有那么一段时间，祁秀才不再参加队上的生产劳动了，也没有人过问，整天在家里发呆，奄奄一息的样子，好像随时要毙命似的。

后来，有人反映，说他每天晚上在炕上铺一张美人画，相拥而眠。这家伙就成了坏分子，接二连三地被拉到街上批斗。最后，祁秀才就变成彻底的勺子，破衣烂衫，目光呆直，龌龊不堪，成了口角流水、下面淌脓，遭人唾弃的流浪汉。

很长一段时间，勺子祁秀才在古镇土街上游荡。有时还窜入学校，冷不丁抱着一个女生，鸟声鸟气说一顿阿拉话，把人家吓得半死，再遭人们一顿毒打。

不过，这家伙倒是有点学问的，他的学问的展示也是在学校。一次，有好事者给他半截粉笔，指着他嘲笑说："嗨，看，会不会，写字。"只见他二话没说，拿起粉笔就在黑板上写了一行文字，笔画流畅飘逸，字体舒展大气，在场的人无不惊愕。不过，他写的多是繁体字，行草书法，也没人认识几个，倒是他写一手好字的事在古镇传开了。

自那以后，有人叫他老祁了，在路上碰到了说："来，老祁，写几个字。"这时候的他显得非常得意，先是咧着黄牙，脏兮兮地笑一笑，文绉绉的，谦虚一下。然后，捡起一根小木棍，在地上洋洋洒洒画一阵，一边写，一边念叨，抑扬顿挫，摇头摆尾。写完了，他还会很亲切地跟你说一通话，一副自豪的样子，满脸神气，看着怪兮兮的，好像换了一个人。

事实上，老祁并没有因为他的一手好字而改变了人们对他的看法。他依然是个被世界抛弃的勺子、邋遢鬼、流浪汉，到处遭人辱骂，遭人白眼。在古镇人眼里，他就是个勺子，是最可恶的人之一。

常听大人说，祁秀才是看书看坏的，是《红楼梦》惹的祸。那时候我正在上小学，自然把《红楼梦》跟勺子祁秀才相等了。直到上中学后，自己读了《红楼梦》，才知道，这是一部文学名著，至于具体坏在哪儿，好像也没有发现，而具体好在哪儿，也没有更深刻的见解。

我真正认识《红楼梦》是高中时，也许是因为语文老师的导读，引起我对《红楼梦》的兴趣。再次读过，又品出了一些味道，也被这部书深深吸引了。上大学时，又读一遍。工作之后，再读一遍。至今，中学以来所读的古典名著中，对《红楼梦》的印象最深。

现在想起来,《红楼梦》只是一部书,一部文学作品,它到底能影响一个人多少,还是那句话,智者见其智,淫者见其淫。而《红楼梦》对中国文化和文学的影响是不可估量的。至今,对红学的研究方兴未艾,续写《红楼梦》的,二百多年来没有中断。听说最近,著名作家刘心武也续写了《红楼梦》后四十回,可见红学影响之深。

让我一直想不明白的是,祁秀才一定是读《红楼梦》而犯疯病的?

我不敢肯定,也不敢否定,因为,想到现在泛滥的通俗作品,有的确实俗不可耐。但也没法,大约现实本身就是俗的,俗才是生活,雅只是一种理想。或者,俗是现实的,雅是空虚的。或者,雅在俗之上,而俗,却在雅之内。大约衣冠禽兽这个成语,概括得还有那么一点准确味道。

衣冠是雅,是外表;肉体是俗,是禽兽。是这样吗?

多年来我发现,其实《红楼梦》并没读坏什么人,倒是电视连续剧拍了一次又一次,一次次证明,它无穷的文化价值和艺术魅力。

由此我相信,祁秀才不一定是读《红楼梦》而疯癫的,或者说,他就不是因《红楼梦》而疯癫的。而他因何而疯癫呢?时间过去许多年了,现在已无法探究了。而现在,一些精神麻木的书让我担忧，它让许多人迷途，尤其是青少年学生，这是种流毒，必须认清，必须肃清。令人担忧的是，现在的一些人，他们缺乏当年古镇人身上的那股彻底肃清《红楼梦》流毒的勇气、魄力、胆识和决心。他们浑浑噩噩麻木不仁，他们中有的人甚至与这种流毒拉上了关系，他们参与、起哄，以讹传讹……

就在最近，我见到了两个朋友，夫妻俩都是研究生，以前在大学教书，后来下海，到沿海发达城市发展。闲聊中，我说起文化文学方面的话题，他们很惊讶，说现在还有谁看那些个东西，显然没一点兴趣。我感到非常惊愕，我惊愕的不是现在还有谁关注文学，而是他们，两个研究生，曾在大学教书，充满文化的他们，如此现实主义物质一切论，让我不知说什么好。我说什么好呢。社会、现实、生活，哪一样不重要，哪一样都很重要啊。但是，作为文明的人类，生存之上，文化本身的意义是不是真的高于这一切。

再说勺子祁秀才，在古镇做下的糊涂事人们无法接受。其实细细想来，他倒也没犯杀人越货的大罪。骂人耍流氓的事儿是有的，遭人毒打是有的。现在想想，古镇那么多有文化的人，比如教师、基层干部，他们都是衣冠整洁的人，但在我心里留下深刻印象的不多。倒是这个失魂落魄的家伙，始终没有忘记自己是个文化人的勺子,却让我记下了。

祁秀才,这个上海大学生,在古镇疯癫了十来年,70年代末被他兄弟接回上海。

据说那天,邋遢得没一点人形的祁秀才,穿一身整洁的中山装,戴一副眼镜,显然一副学者模样、教授气度。见了人,他脸上略带笑容,表情文雅,看不出一点不正常。祁秀才走后,整个古镇的世界就把这个影子一下抹去了,仿佛根本没有存在过这么一个人,甚至也没有人提说过。

我想,他或许还在上海读书、做学问。而古镇依然安静,耕田种地。

古 镇 丽 人

一

东天山下丝绸古道上的这座百年古镇，曾经商贾云集，非常繁华。老人们说，要说富足，肯定是几家屯庄大户，具体谁家最有钱，看看屯庄大院和商铺田亩就知道。据说后来有人家修建房屋，在古城东南角挖出几麻袋铜钱，就是屯庄家当年的钱庄……

而要说古镇上最俊俏的女子，非小金莲莫属。几十上百年来，古镇上的屯庄、富户家的太太小姐们，有一个算一个，都没法跟她比。她在古镇就是一个神秘存在。

小金莲到底有何秘密？

关于她的历史，人们一无所知，就连她叫啥名字都不知道，古镇上的人私下里总喊她小金莲，她是不是姓萧，还是肖，没有人确切知道，反正那字音儿就是"小"。后来人们喊她姚婆子，因为那时候她已经成为姚和尚的婆姨。

其实，村里人喊她姚婆子，有另一层意思，是因为她气质特别，人们总觉着她身上妖里妖气的。她从不干农活，称身体有病，到底是啥病，没人知道。而她却很会保养，整日梳妆打扮，老脸上涂脂搽粉。她爱穿紧身葱绿色的裙子，走路一摇一摆，如风摆柳，村里的女人见了她就恶心，对她这做派嗤之以鼻。而男人们嘴上不饶她，眼睛却出卖了自己，自觉不自觉地偷偷瞄一下，具体瞄哪儿了，谁看谁心里有数。也是因为这些，小金莲很不受女人们待见，甚至是偏见，都说她就是个妖婆子。

还有一点让人无法接受的是，她还喜欢抽烟，时常抽那种纸烟卷。这就稀奇了，她整日杵在自家屋里，不耕不织，却能享受这种纸烟，而她男人姚和尚，只抽粗糙的旱烟，不过，小金莲只在自己家里抽，外面很少能看见。

这些仅仅是后来人们知道的。而小金莲的故事是从哪里开始的，估计她男人姚和尚也不知底细。古镇上那些上了年岁的人，或许知道一些，但也仅仅是传闻。

二

先说姚和尚，这家伙是个秃头，最早是不是和尚，没有人知道。据说他解放初来古镇时，戴顶破旧的道士帽，给人算命占卦混饭吃。人们以为他是道士，扯下帽子，却发现是个光光头,都说他是假道士、真和尚,姚和尚的名号就是这么来的。而姚和尚却说自己不是和尚,也不是道士,是个手艺人。

后来,这家伙就换了套行头,将道士帽扔掉,戴顶黑色旧礼帽,黑瘦长脸上架一副茶色石头镜,像旧时代的破落文人。唯一的变化,是他的腿瘸了。其实他腿瘸得并不厉害,就是走路有点瘸。

他的腿是啥时候瘸的?为啥瘸的?没听人细说过。人们只看见他拄着拐杖,颠着右腿,一瘸一拐地走路。也有人说,他的腿脚其实是好的,是假瘸,曾经有人看见他在家里走路很正常,不知是真是假。他为啥要这么做,是为了逃避劳动,还是另有原因,这些就不得而知了。

姚和尚家住在古城北面,城墙下的土街旁边。他自诩是手艺人,具体有啥手艺,是铁匠、木匠、皮匠,还是泥瓦匠,没人见识过。不过,他倒腾牲口确实有一手。

这家伙喜欢倒腾骡子,他养了一头大叫驴,通体乌黑,个头高得跟儿马一般,曾经给村里的骒马配过,生下了几头骡子。村里养草驴的人家找他,希望配个大个子驴,姚和尚不答应,说浪费了他的大叫驴。人们很生气,后来,有人故意将发情的草驴赶到他家院子里,大叫驴急得唔叽唔叽大叫,折腾得不得安宁。谁知,没过两年,他的大叫驴眼睛就瞎了,据说是配骡马被踢瞎的,也有的说是驴配马最终付出的代价。

大叫驴废了,姚和尚也没事干了,村里让他去喂牛,他说自己腿脚不利索,怕侍弄不好那些大牲口,耽搁了春种的劳力。村里也没办法,任由他整日瘸着腿在外面闲晃荡。

进入80年代,姚和尚突发奇想开起小卖部,经营些针头线脑油盐酱醋烟酒点心什么的,生意说不上好,至少能赚点零花钱。

隔壁李驼子是个老实巴交的农民,婆姨一身的病,家徒四壁,日子很艰难。李家二丫,年方二八,又泼又傻,经常光顾姚和尚的小卖部,有时捡些废铁、骨头之类到收购站卖了,就去买小饼干吃。有时候,她懒得去收购站,直接给了姚和尚换包点心,坐在自己家墙头脏兮兮地吃着。

后来一天,有人跟李驼子家的捣鼓,说二丫时常跟姚和尚换点心……

李驼子家的一听,唰地跳起来,像吃了强心剂,病恹恹的身子骨一下来了精神,从墙头上一把拽下二丫,一路骂骂咧咧直扑姚和尚的小卖部。李驼子家的指着姚和尚破口大骂:"瘸老鬼,你为啥欺骗我丫头,你不得好死。"

姚和尚一脸懵,支支吾吾道:"哎,你别听人家瞎叨叨,没那事儿。"

李驼子家的不依不饶，不断骂着。姚和尚说："哦呀，不就是块饼干么，是二丫趁人不注意偷偷拿的。"

二丫一听就恼了，抢白道："胡说，是我拿骨头换的，你个老瘸子，说话不算数。"

双方在小卖部嚷来骂去，纠缠不清。

这时，二丫的叔伯兄弟闻讯赶来，几个壮小伙子火气旺，不由分说将姚和尚按在地上一顿打。姚和尚有苦难言，不住哀求，小伙子们打了一阵，出了气才住手。姚和尚趴在地上哎哟呻唤，不断叫屈，这下可好，他变成了真瘸子。

消息传到英格堡，正在伺候女儿坐月子的小金莲，急急火火赶回来，要找李驼子家的理论。姚和尚却说："唉，算了，乡里乡亲的，有些误会，不告了。"小金莲却不愿意，非要讨个说法。

两家人吵吵嚷嚷找到村里，村里干部出面调解，调查之后，似乎有些误会，并不是人们想象的那样，二丫确实拿了邻居家的东西来换吃的，姚和尚不愿意要，她不管三七二十一，抓起点心就走，姚和尚拽住她的后襟，拉拉扯扯的，恰好被人看见。

真相大白后，人们对小金莲有些刮目相看了。

三

小金莲到底是啥人物？

老人们说，小金莲可是古城子里的红人，民国时期曾掌管过犁铧街的红花楼，神乎着呢。

其实她原本也是贫苦人家的孩子，七八岁时被人贩子从南方拐到西北，先是卖给一个姓胡的大户人家去伺候小姐，小金莲小时候长得白白净净，非常水灵，很受胡家小姐喜欢。她的牙齿尤其特别，银白且整齐，胡小姐亲切地唤她小白牙，小姐妹亲密无间，经常在一起玩，她在胡家开开心心度过了两三年时光。谁知这位胡小姐自幼体弱，经常咳嗽，后来居然一病不起，没多久就死了。这下可把胡家人气坏了，他们认为小金莲是祸根，是她给自家女儿带来了灾祸，一气之下就将她卖到了红花楼，那年她才十一二岁年纪。

红花楼的老鸨子徐胖子见她小小年纪便面容姣好，腰身匀称，将来定是头牌，未来的摇钱树啊，心里暗暗喜欢。徐胖子便将她带在身边，细心调教。

这小金莲，自从被拐卖以来，就生活在阴影里，幼小的心灵遭受了严重创伤，经历了胡家的事儿，小小年纪的她，深切感受到世态炎凉，更加懂得人情冷暖，她知道，现在只有自己能保护自己。她非常乖巧，对徐胖子敬重有加，端茶倒水，洗漱揉背，悉心照顾，就跟对自己亲娘一样，时不时还撒撒娇，这让老鸨子非常满意，似乎唤醒了她身上久违的母性。徐胖子早年也是被人转卖流落此地的，或许是同病相怜，或许是母性本能，也或许是小姑娘的贴心照顾真的感动了她，她从心里疼惜这个小姑娘，就收她做了自己的干女儿。

又过了两三年，小金莲已经亭亭玉立，出落得跟仙女儿似的，惹得许多客人眼馋，徐胖子却没答应。很快，小金莲就被古城子富户许家少爷看上了。许家少爷虽是富家公子，家大业大，人倒是不错。许少爷前来提亲，徐胖子虽然心里不舍，可许家少爷给的彩礼也够数，她的心就动了，征求小金莲的意思。小金莲自然喜欢许少爷，她跟徐胖子说："娘，这事全凭您老做主，无论我走到哪里，都是娘的女儿，这份母女情分永世不忘。"徐胖子心里一酸："唉，真算没有白疼你呀。"再说，这也是个好去处，随后就答应了。许家自然不容许儿子娶个红花楼的女子，尽管徐胖子再三说是她干女儿，从未接过客。但是，只要跟红花楼这种地方沾上边的，身份就低贱了，登不得大雅之堂，只能做小妾。小妾就小妾吧，谁让她进了红花楼这道门呢，这就是命。

小金莲进了许家，刚开始日子过得挺好，小夫妻恩恩爱爱。没过多久，许家父母给少爷寻了门当户对的王小姐正式成婚，成为正房夫人。这个王小姐脾气很大，看不得小金莲跟少爷卿卿我我，但凡少爷进了她的屋就嫉妒，还哭哭啼啼告到婆婆那里，骂她是小狐狸精，说她有花柳病，整天黏着少爷，想让许家断子绝孙。老太太大怒,带了几个凶悍的老妈子怒气冲冲而来,对她一顿羞辱。小金莲深知王小姐娘家的势力,不敢得罪她,只能忍着。随着正房夫人怀孕生子,她的地位更加不保,就连许少爷也不再稀罕她了。后来一次,王小姐跟公婆告状,说她经常偷摸着回红花楼干那龌龊事,许家怎能容忍,也不容她解释,就将她赶出家门。

小金莲离开许家,身无分文,无依无靠,不得已只能回红花楼。

徐胖子见了她,只是叹了口气,没有多说啥,或许她也想到了早晚会有今天。此时,徐胖子身体越发不好了,小金莲像对待亲娘一样,时刻不离左右,日夜伺候,徐胖子很是欣慰,打算让她代管红花楼。

徐胖子的这一决定,引起管家的不满,他心想,自己跟随徐胖子打拼多年,谁承想,还不如一个毛丫头,心里十万个不愿意,他对徐胖子和小金莲怀恨在心。

小金莲每日伺候徐胖子喝药,总不见好转,心里有些疑惑。一次她亲口尝了汤药,发觉不对劲儿,就带上药渣去找郎中,发现有人私底下对徐胖子的药做了手脚,她怀疑是管家,只有管家能接触到药,却找不到证据。她将此事悄悄告诉了徐胖子,徐胖子气得要命,叫人将管家暴打一顿,赶了出去。而她长期服药，内脏已经衰竭，命不久矣。徐胖子临死前，将红花楼全部托付给了她。徐胖子说，现在世道乱，要是经营不下去了，就改做饭馆，做正经营生才好。小金莲心里难受，只顾着答应，却没来得及多想。

四

当时的古城子很不太平，徐胖子病倒那些日子，红花楼的生意大不如从前。徐胖子一死，管家就勾结地痞流氓时常来骚扰，楼里的护卫曾受管家恩惠，自然不卖力，她一个小女人根本应付不了。更可恨的是，那些守城的兵痞、混混光顾红花楼，白吃白喝不给钱不说，还隔三岔五来收份子钱。徐胖子在世时，跟警察局也有些关系，现在她走了，关系还未来得及续上。小金莲没那些见识，也没有去打点，没有保护伞，只能忍气吞声。后来遇上城防队长杨炮筒，似乎看到了一丝希望。

杨炮筒曾经是正规军，前两年来古城子驻防，后来留下来当了队长。这家伙人高马大，枪法不错，就是喜欢抽大烟，人们戏称他杨炮筒。杨炮筒见小金莲风姿绰约，就来搭讪，并且主动承诺，只要嫁给他，他就给她遮风挡雨，护她一生平安，她心里有些感动。这段日子，她时常受人欺负正当无助之时，正需要有人为她撑腰，杨炮筒来得真及时，一来二去，两个人就好上了。

那时候,小金莲对杨炮筒是真心的,她觉得这个家伙虽是城防队长,为人却也不坏,只要好好过日子,其他方面也无需多计较。小金莲说出了想改饭馆的事,杨炮筒却说:"嗨,这买卖做得好好的,开饭馆能有啥赚头。"

小金莲说:"这是干妈临终嘱托,应该改一下。"

杨炮筒不屑一顾地说:"她一个老鸨子,知道个啥。只要我在这儿,生意没的说,放心吧。要是真的经营不下去了,再改不迟。"

小金莲见杨炮筒这么一说,也只好这样了。现在,有了杨炮筒的支持,红花楼的生意好多了,守城看库的大兵,每月发了粮饷,喝酒、赌博、抽大烟,自然常来红花楼里逍遥,一枚枚银光锃亮的"袁大头",哗哗哗装进了她的百宝箱。现在的小金莲在古城子算是个人物了,街上的地痞混混都老实了,没有人再敢随便找红花楼的麻烦了。

那一阵,小金莲时常镶金戴银,披绸戴花,涂脂抹粉,算是一方佳人,着实在古城子风光了一阵。

但是,那些大头兵终归是大头兵,没几个钱可折腾,再加上这些家伙平常抽大烟,哪有钱经常来红花楼逍遥。而城里的富户公子、周边地主家的少爷们,才是真正的钱袋子。

一次偶然机会，小金莲又跟许家少爷碰了照面。现在，许家老爷子已死，他当家做主，不过家境不比从前了。他说出了当年他爹娘把她赶出去的真相，后悔当初没能拦住。小金莲心里有些许安慰，因为那时候她确实喜欢他。不过现在，一切都过去了，她不再幻想了。而许家少爷却一再央求，希望再给他一次机会。她心里有些犹豫，没有再回绝，也没答应。

谁知，他们相遇这件事让杨炮筒知道了，他非常生气，找人将许家少爷教训了一顿，许家少爷不敢再来找她。她知道缘由后，对杨炮筒有些气恼，却不敢说出口，两个人的关系因此发生了微妙的变化。

新疆和平解放在即，古城子陷入一片混乱，顽固势力想做最后的挣扎。但从内地不断传来新社会的消息让那些顽固分子失去了抵抗意志，开始四散跑路了。杨炮筒知道自己的罪孽，新社会肯定不会饶过他，趁乱逃离古城子，顺手卷走了红花楼的大部分钱财。杨炮筒一走，管家又带人来敲诈，红花楼已人去楼空，啥也没了。现在，她不知道该咋办了，只好去找许家少爷，想开一家饭店经营。可是，见到许家少爷却非常失望。其实，许家少爷并不是真心悔过，而是看中了她的营生，现在红花楼没了，自然不愿接纳她。她心里非常难受，红花楼已经回不去了，只好暂住旅舍。

没过多久，古城子就解放了，新政府打压各种旧社会势力，小金莲害怕极了，雇了辆马车只身往东，跑了一半，听说木垒河那边风声紧，她不敢再往前走，就来到古镇上。

五

小金莲刚来古镇，人生地不熟，确实没人知道她，她购置了一套简单的房屋就住下了。来古镇的路上她还收养了个小丫头，娘儿俩想着就在此地安生。

世上没有不透风的墙，她在古城子的事还是被别人发现了。土改以后，她就变成了被改造对象，不得已嫁给了老光棍姚和尚。至于小金莲嫁给姚和尚的细节，也有个说法。

那时候，小金莲被天天批斗。批斗她的是常二杆子。常二杆子非要她说出那丫头的亲爹是谁。小金莲说是收养的。常二杆子不信，反而说她是人贩子，拐卖妇女儿童。小金莲害怕极了，古城子的地痞流氓见识过，国民党的大兵见识过，常二杆子这副凶样，让她害怕极了，她感觉末日来临，眼前一片漆黑。常二杆子暗示她，让她主动嫁给他，她却不答应。常二杆子见她不肯就范，非常恼火，就让她嫁给姚和尚，折磨她，没想到她居然同意了。

小金莲嫁给姚和尚，生了个儿子，没过几天安生日子，又遇到特殊时期，小金莲受不了，经常闷在家里抽烟，原本白皙的牙齿全部变黄了，一口小白牙变成小金牙。

再后来，风调雨顺了，生活太平了，人们也不折腾了。小金莲很少出门了，慢慢地，人们也就把她淡忘了。

谁知这一次，小金莲跟姚和尚发生了争执，两人在家门口大吵起来，小金莲骂姚和尚是瘸鬼、窝囊废。姚和尚气不过，跟她对骂起来。小金莲越骂越生气，指着姚和尚说："你个瘸老鬼，自己没脸没皮，也不顾及孩子们的脸面。"姚和尚恼羞成怒，说了红花楼的事。小金莲没想到姚和尚会说出这话，她的心一下子凉了。

两人最终离了婚。因为分割家产的事，经过法庭调解，小金莲从自家鸡窝下挖出个陶罐，里面确实有几副金银首饰和百十块袁大头。

最后的结局是，房产家什一人一半，金银首饰归了小金莲，袁大头兑换成现金，大部分给了姚和尚养老，小部分留给小金莲做生活费。姚和尚卖了房产跟儿子一起生活。小金莲带上金银去外地投靠女儿，再无音讯。

第四辑 古镇事物记

麻 雀 会

小时候，麻雀司空见惯，麻雀会也是见怪不怪。在春天的枝头、秋天的麦场、冬天的草垛上，在温暖的阳光里、丰收的喜庆中，麻雀们叽叽喳喳一大群，或飞，或跃，或歌，或舞，高高兴兴地聚在一起开会，少则几十只、几百只，多则上千只，枝头、麦场、草垛上黑压压一片，飞起来遮天蔽日，煞是壮观。通常人们说那是麻雀过年，开会。

对于麻雀会，村里的老人们是有说头的。大凡春天的年会，麻雀们兴致高昂，友好发言，没有激烈争吵的，预示着这个春天雨水充足，五谷丰登。如果麻雀们大吵大闹，争执不休，或者三五一伙互相攻击打斗，则这个春天可能要发生饥荒。所以，在村里，老人们对麻雀会很重视，尽可能告诉孩子们不要打扰，让麻雀们细心讨论，希望这些小精灵能给春耕带来好运气。如果发生麻雀群殴现象，老人们就会大骂道："这些躁雀儿，瞎嘈嘈个啥，想招来灾荒年。"有时，人们会拾起土块向枝头砸去。

这是迷信,还是真的有什么预兆,小时候我一直没弄明白,只觉得是一件好玩的事,凑凑热闹,看一大群麻雀飞来飞去,十分壮观。至于它们盛大的年会到底有什么预示或含义,没有特别在意。

记得丰年秋收时,对一大群飞来麦场的麻雀,老人们也会手下留情,一边驱赶,一边说,雀儿们今儿个春上帮了忙,赶紧吃两口走吧。这大约是对麻雀春天丰收年会的感谢。冬天草垛上的麻雀,老人们也要孩子们不要惊扰。

麻雀真的有预见之能吗?

我一直怀疑,但对大自然生物的生存和一些奇妙现象的准确性深信不疑。如对天气变化、地震等自然灾害的反应,一些动物非常敏感。人类在长期生存中,也从动物们身上学会了不少,产生了不少谚语,比如燕子低飞要下雨,蚂蚁搬家要下雨,蛇过大路要下雨,等等。还有一些奇怪的现象和问题,动物们或许都知道,大约是它们自己做了准备,而没法告诉我们。而麻雀们是用开会的方式告诉了我们,我们应当感谢它们。

长期以来,麻雀与人类相伴而生,与人类已经建立了亲密的生存关系,所以人们亲切地称它们"家雀"。这个名称是很具有感情色彩的，仿佛是与家猪、家猫等同列。实际上，它们已经与人类有了某种亲缘关系。

所以，对"麻雀会"的真伪，包括对它们的预知先兆，我说不上相信，也提不出否定的理由。

我一直在想，对于丰年，它们友好地聚会，自由自在、高高兴兴地说说心里话，互相亲热，互相祝福、祝贺，这是可以理解的。但对于灾年，它们争吵不休，互相攻击，又是为了什么呢？难道它们是对于到底是灾年还是丰年进行讨论，分别发表各自的预见，或小组讨论，或举手表决，最终意见不同而争执。说灾年的一方大力阐述灾年的预兆和理由，说丰年的一方极力说明丰年的观点和依据，双方争执，展开生死大讨论。最终两派无法形成统一意见，而大打出手，以势力压倒对方。

由此我想到一个问题，麻雀们的社会组织形式大约是议会制的，它们的群体中肯定没有最高领导者。因为我一直没有听到过麻雀王之类的称谓。不像雁阵有头雁，狼群有狼王，狮群有狮王，它们的大事情，王者说了算。而麻雀召开会议共同讨论决定，我不知道该为麻雀们庆幸还是悲哀。

要说庆幸，头雁还好，带领队伍顶风冒雨，南征北战，长途迁徙，繁衍部族。而狼群就不好说了，母狼王享有支配狼群的权力，享有与年轻力壮的公狼的优先繁衍权，并且狼王的孩子享有优先生存权，其他母狼都要先向狼王的公子、公主们供奶。狮群就更惨了，狮王把持着群落的生杀大权，所有的美妇美女归它一人，它整天好吃好喝，妻妾们征战的猎物先由它享用，它是不可动摇的王。

野生动物学家研究发现：狼王是世袭的，也就是说母狼王的女儿中，有一匹身体强壮又具备较强组织能力的母狼可以接替狼王之位，接续狼群部落的管理。狼王的女儿很多，互相争斗和选择的机会也多。实际上，一代一代母狼在生活实践中，已经形成了阶层。这种阶层是在日常生活、捕猎、玩耍和搏斗中形成的。而一旦形成就具有法定意义，成为狼族群生活里不得违抗的规则。

而狮王的产生是竞争的结果。这种竞争非常残酷，首先是一头强壮的雄狮打败在位的狮王。这种搏斗的能力，不是一天两天练就的。必须是年轻力壮的雄狮，勇敢顽强的搏杀经验累积到一定实力时，突然出击，把狮王赶下台，颠覆它的王权。然后，残杀母狮与前狮王的幼崽，逼迫母狮就范。这样，它才能坐上王位，传宗接代；才能坐享其成，享受母狮的供奉；才能独霸狮群，实现它的独裁统治，成为真正的王者。

由此看来，麻雀们的议会制好像是幸运的，虽有因意见不同而发生争斗的现象，但它们的世界总体是和谐的。当然，对世间万物的生存形式,比如狼群、狮群,它们的生存法则虽然不够人道,毕竟它们也不是人类,千万年来形成的生存法则和社会形式,有它们存在的理由。又比如说我们人类,据古人类学家研究发现,在几万年、几十万年前的远古时代,原始人类以采集植物为生,群体多以女性为首领。后来逐渐发展演化,原始人类开始了狩猎,尤其是学会利用石器和火,群体社会形态发生了巨大变化,体力强壮的男性占了统治地位。也就是由母系氏族社会发展为父系氏族社会。这是自然和历史选择的结果,是存在的理由,后人无法判定它的正确与错误。

事实上,所谓社会组织形式,就是社会公共权力的支配形式。从人类社会历史发展来看,国家产生之前是部落联盟或城邦联盟,大体属于议会制范畴。封建王国产生以后,多数是帝王集权制。现代世界的社会政治组织形式就比较复杂了,在这里不做细说。

现在我还是想讨论一下麻雀们的会议形式和内容。我想,麻雀们没有王,它们的社会公共权力是由议会负责的。对于灾荒饥饿、种族繁衍这样的生存大事,麻雀议会是很负责任的,它们不是就几个或几十个成员说了算,而是群体讨论,共同决定,这是无可非议的。

对于如此重大而现实的问题,麻雀们为了形成一致意见,达成共识而发生激烈的争吵。它们为了群落的生存忧患表现出了大无畏的精神，它们敢于坚持原则、勇于坚持真理的自信和勇气，这让我非常钦佩。我想，幸亏它们是大会决事。若是有个麻雀王，睿智还好，若是这个麻雀王昏庸而少见识，挥舞大权，独断专行，可能坏了群落大事。

想到这儿，我突然觉得自己喜欢上了麻雀了。当然，麻雀会到底是不是对年成的预测？它们到底有没有先验？我还是不能轻易下结论。但是，麻雀们至少用它们的会议向人类传达了某种信息，那是它们的信息，至于我们如何判断，还要靠我们的生存经验和真知灼见。

驴这一辈子

驴的一生是怎样的。

先说一头公驴,当地人叫它"叫驴"。叫驴,叫驴,自然是爱叫,自然与爱叫和叫声大有关系。至于它有没有别的含义,尚未考证。

一头叫驴,从娘胎下来后被人看中,三岁就被决定是不是一头真正的叫驴了。要是它长得身材修长而健壮,就可以为叫驴。叫驴自然是驴群里的美男子,这是天生的,也是雄性的意念和生理激素造就的。

一头叫驴,一头发育成熟的叫驴,就在人家落户了,被称为谁谁谁家的叫驴。这头冠上人类姓氏的叫驴,就连叫声、体形也被加上人类姓氏符号和定义,通常人们会说这是谁谁谁家的叫驴的声音,这是谁谁谁家的叫驴的体形。平时人们总说,谁家的叫驴身材好,谁家的叫驴跑得快,谁家的叫驴拉车稳……这样,村里的叫驴就有了名片,有时候大有品牌的味道。有草驴（也就是母驴）的人家在选择为草驴怀胎时，就有了目标。当有人把发情的草驴牵了去，与叫驴的主人谈妥，主人放开缰绳，叫驴与草驴配对成功。

叫驴好叫，被人类的绳索束缚，自由被禁锢，喊天喊的地。主人烦于它的喊叫，在天窗吊一把苜蓿，转移它的那番心思。有一个典故，"天窗吊苜蓿，给驴种相思"，说的就是叫驴。

叫驴好斗，尤其两头叫驴在一起，总是争争吵吵，大喊大叫。同性相斥，一会儿对咬，一会儿对踢，总要争出个高下来。所以人们常说，"两头叫驴拴不到一个槽上"。不过在驴的群落里，叫驴和骟驴、草驴倒能够和平相处。

一般情况下，一头叫驴能活十四五岁，三岁成年，能叫的时间也就十年。十年里，它到底与多少草驴配对，生了多少驴子驴孙，叫驴是不知道的，只有它的主人清楚。表面看来，一头体格健壮的好叫驴的一生是完美的，大约拥有过全村的草驴。除了平常帮主人拉车干活之外，它始终被缰绳束缚住，主人不允许它随便与其他草驴配对，这或许是它生命里最大的悲哀。所以它常大喊大叫，所以它叫"叫驴"。

而与之相合的一头草驴的一生又是怎样的呢？

一头草驴，它一生下来就是草驴，也只能做草驴了。无论身材胖瘦、体格大小、毛色如何，它都要做生儿育女的事。奇怪的是，它一生与多少叫驴交配过，它自己清清楚楚，它的主人却不清楚，因为草驴经常被自由放开，在野地里吃草，不注意就走到哪家的叫驴跟前。事实上，草驴能根据叫驴的叫声准确地判断，哪头叫驴的身材高大，哪头叫驴的身体最强壮。当然，这是一头连主人也不在意的小草驴。这头不出色的草驴反而是幸福的、自由的、快乐的。而一头身材高大的草驴在这方面就不同了，主人寄予较高希望，自然选择那些身材高大而强壮的叫驴与之匹配的。

在驴的家族里，要说最幸运的，还是骟驴。

一头小叫驴出生两年后，有幸被主人看中，就选为未来忠厚的骟驴培养，及时除了卵蛋，取掉这个惹是生非的家伙，主人就省心了，这样骟驴也省心了。平常骟驴只会听主人的话，好好干活，努力工作。"投之以桃，报之以李"。而主人也会给它好草好料，让它吃好喝好养得壮壮实实。

一头好骟驴只干了人的活，而驴的活，它一点没干。作为驴，它是最痛苦的，幼年去势之后，实际上它已经不是驴了。在驴的队伍里，它最最受主人喜欢。它干尽了人间最苦最累的活，也吃到了人间最美最肥的草料，享受了人间最好的称赞，但内心忧郁，充满伤感。它不像一头好叫驴，可以卸掉缰绳，与草驴配对；也不像一头好草驴，与一头个头匹配的好叫驴交配，生下身体强壮的后代；更不比身材矮小没一点相貌的小草驴自由自在。

而一头健壮而出色的骟驴，它最终会老死槽里或光荣退休，它唯一的遗憾是没有做一头真正的驴。

乌　鸦

一

写这篇文章是我中学时期的想法。

为什么要写乌鸦呢?

还得从小时候说起。在我们东城古镇，人们管乌鸦叫"老鸹"，甚至还要加一个黑字——黑老鸹。并且"黑"字说得很重，严重超过了汉语拼音的四声。小时候，乌鸦在我的印象中可以说是臭名昭著，没有人喜欢，人们见了就骂，捡起石头就砸。总之，骂了就畅快，砸了心里就舒服。没有解释，当然也没有为什么。

后来，我随着年龄的增长，对事物的认识和判断也逐渐形成了一种自己的思考方式。我发现，乌鸦并没啥大的过错，最让人厌恶的，是它吃垃圾、吃腐肉，包括动物和人的弃尸。以前乡村有一种弃死婴的风俗，原因我一直不清楚。人们这么做原本是为了让这个灵魂远离人世，而乌鸦在野外吃得满嘴腥红，还要到人家门口的高树上哇哇乱喊，自然引起人们的恐惧和厌恶，不被石头砸才怪。

这或许是乌鸦最不明智的一点。但乌鸦总归是鸟，它哪里知道人类的想法。就算它明白人类的想法，但乌鸦有它们自己的生存法则和行为习惯，何况大家都是地球上的生物，世界上所有的生命体怎么可能非要按人类的行为规则去行事呢？

对人类来讲，我们遵循的自然规律是不可改变的，逆道而行就可能带来意想不到的灾祸。不是今天，就是明天。现在没感觉到，将来肯定要出现。听起来好像有点宿命论的味道。但是，这是天理、自然规律、宇宙法则，谁也不能违抗。自古以来，中华民族的朴素哲学思想里就有天时、地利、人和之说，这个观点是哲学的，是永恒的。它不但是古代的哲学之光，也启发了现代人的哲思。不但对古人有益，对我们现代人一样有一定的指导意义。这就是哲学的力量。

二

乌鸦到底是什么鸟？

乌鸦，全身或大部分羽毛为乌黑色，多在高树上营巢，平时喜欢成群结队，且飞且鸣，声音嘶哑，杂食谷类、昆虫，爱吃腐肉，有时也攻击小型鸟类的幼鸟和小型脊椎动物。全世界已发现的乌鸦有36种，分布遍及全球。在我国有7种，其中秃鼻乌鸦主要分布在东北平原，白颈鸦在华北平原，大嘴乌鸦在东北的山区。常见的最小型的乌鸦是寒鸦，分布在北方广大山区和近山区。渡鸦是乌鸦个体中最大的，体长六七十厘米，通体黑色，体羽及翅、尾羽闪烁蓝紫色或蓝绿色金属光泽，主要生活在青藏高原海拔三千米以上广大山区。

乌鸦为森林草原鸟类，群集性强，一群可达几万只，多数种群喜结群营巢，在秋冬季节混群游荡，行为复杂，表现出较强的智力和社会性活动。

乌鸦有害：乌鸦食谱里有谷类，有时对秧苗有害处，与人争食。且叫声简单，粗厉刺耳，让人讨厌。

乌鸦有益：乌鸦在繁殖季节，主要取食蝗虫、蝼蛄、金龟甲及蛾类幼虫，有益于农业。乌鸦喜食腐肉腐食，啄食垃圾，对消除环境污染起到了一定作用。

乌鸦可以入药：可解五劳七伤、暗风疾、经脉不通、积血不散、虚劳寒疾等疑难杂症。

乌鸦有情：乌鸦终生一夫一妻，懂得反哺，照顾父母。

人类对乌鸦的崇拜由来已久。在上古神话传说中，就有三足乌为王母取食的神话故事。也就是说，早在那个时代乌鸦就已经走上神坛，被称为"神鸟"了。用乌鸦占卜是古人对乌鸦崇拜的一种体现。西汉时期,盛行鸦卜习俗,后来出现了一本叫《阴阳局鸦经》的著作。古诗词里也有"神鸦社鼓"之句,说明古人对乌鸦的敬畏。其实,古代许多民族都有过乌鸦崇拜。彝族的《举木惹牛》中,有乌鸦救人的故事。普米族神话《洪水滔天》中说,乌鸦能预料灾难的发生。其中影响最深远的,是满族的鸦鹊崇拜。实际上喜鹊也属鸦科。

关于满族的鸦鹊崇拜,国内外许多学者进行过探究。有学者说,满族神话传说中的鸦鹊有五种形象。一是指引者:在《多龙格格》中,多龙格格要寻找能制服妖鹏的人,一只雪白喜鹊口吐人言为她指点迷津。二是使者:《打画墨儿》中说,一次森林失火,猎神班达玛发派乌鸦叫人来救火。满族著名的三仙女神话中,佛库伦吞下了神鹊衔来的红果,生下了爱新觉罗氏的祖先布库里雍顺。神鹊是上天派下来的使者。三是保护神:《乌布西奔妈妈》中说,乌鸦从前是天神阿布凯恩都力的亲随,在战争中误食黑草死去,变成黑鸟,为人巡狩边塞。四是拯救者:民间传说,一次努尔哈赤被明军追赶,危急中一群乌鸦盖在他身上,从而躲过了危险。《昭陵的由来》中,也有乌鸦解救皇太极的故事。乌鸦成了满族的拯救者。五是造福者:在黑龙江阿什河一带的满族神话中,乌鸦和鹊原是九天神女的孩子,被洪水淹死后,变成鸟又给女真人衔来了谷种。

神话毕竟是神话。但神话反映了民风民俗，反映当时人们的生存状况和美好愿望。一般来说，原始崇拜与生存状况有直接关系，如远古时代的生殖崇拜，是人类在当时情况下追求族群强大的迫切需求，生殖繁衍是人类群体延续的主要问题，也是核心问题。这种崇拜延续了很长的时间，时至今日依然是世界性的重要的课题之一。包括远古人类从群婚走向同族不婚，避免乱伦，也是从生殖繁衍的历史实践中逐渐形成的，也就是我们现在所说的优生优育，提高人口素质。这是历史经验，不是我们的创造发明。

在人类社会初期，人们主要靠狩猎为生，而乌鸦喜好腐肉，为人类寻找猎物提供了方便。同时，乌鸦比较警觉，遇到危险，只要一只鸣叫，群鸦齐鸣，成群散去，也给人类发出了报警信号。这样，乌鸦与人类的生存关系非常密切，受到人类爱戴，以至受到崇拜也就理所应当。这些与古代神话传说是一致的。尤其是一些游牧或渔猎民族中，传说故事更加丰富。当人类进入农耕文明时代，乌鸦的身份就变了。乌鸦有时偷食谷物，与人类的生存关系发生了本质上的变化。农耕民族对乌鸦，从崇拜变成厌恶，乌鸦不受欢迎了，乌鸦被彻底打下神坛，成了恶鸟。慢慢地，乌鸦就被越染越黑，什么"乌鸦嘴""乌鸦落在猪身上""天下乌鸦一般黑"等等，都是贬义的。就连温文尔雅的诗歌中也时常出现"寒鸦""昏鸦""残鸦"之类形象，渲染悲凉凄切的气氛。

实质上，我们对乌鸦是不公平的。在人类社会早期的狩猎渔猎时代，乌鸦为人类做了许多好事，人类就歌颂它，崇拜它，甚至把它当作神鸟。当人类进入农业文明后，乌鸦就沾上了邪气，成了人们厌恶的对象。人类生产方式的改变与乌鸦有什么关系？乌鸦有什么不对？最大的错误，就是偷吃了谷物。吃五谷杂粮，是乌鸦的生存方式之一。

三

其实，乌鸦在鸟类中是高智商的一类。

美国有专家通过研究发现，世界上最聪明的鸟并不是我想象中的会学舌的鹦鹉，而是相貌丑陋普普通通的乌鸦。乌鸦很有创新性，甚至可以"制造工具"实现目的。研究人员发现，在日本某大学附近的十字路口，经常有乌鸦口衔胡桃，等红灯亮时飞到地面，把胡桃放在车轮下，灯绿车行，胡桃碾碎，乌鸦们再飞去美餐。不是还有一则童话故事《乌鸦喝水》嘛。

现在想想，如果人类不食谷物，依然过着原始狩猎渔猎生活，估计我们与乌鸦的关系依然很神秘。就算现在，乌鸦依然帮人类消灭一些有害昆虫，清理腐尸垃圾，依然充当着地球清洁工的角色，也可以称作环卫使者。看来，错误不在乌鸦，而在于人类，是我们"食谷忘鸦"了。

现在，我就有些为乌鸦打抱不平了，这正是我中学时代一直想做的一件事。其实，我们在判断一些历史问题，或评价一些历史人物和事件时，有时和对乌鸦的判断是一样的。比如，孔子和儒学。儒学虽不是宗教，但几千年来，儒家思想深刻影响了中华民族的人文历史，是中国古典哲学思想的重要组成部分，已经超出了宗教的范畴。当然，在封建社会，儒学被统治阶级断章取义，变成了统治工具。特殊年代也被错误地打倒。我并不崇拜儒学，但是客观地讲，儒学的哲学光芒，不但在当今中国，就是在世界上，甚至未来，它将依然闪烁人类哲思和文明光辉。

在人类漫长的历史演变过程中，我们建立一种文化观念是非常艰难的，而毁灭一种文化观念，或许在刹那之间。

北京有个女教授在百家讲坛讲《论语》。《论语心得》是她自己的理解，有人支持，也有人反对。我认为，她的心得，虽然是她自己的理解和感悟，但对我们读《论语》和中国古典哲学还是有所启发的。可以肯定，她的解读不是最经典最准确的，重要的是我们如何看待儒学，包括古典文化和哲学思想。就跟我们对乌鸦的判断一样，《论语》对今天的我们依然有益,我们就应该像爱乌鸦一样去爱护。《论语》曾是我们民族文化的"圣经",乌鸦也曾是我们崇拜的"神鸟",这样看来也没什么不可。所以说,我们要学会读《论语》,让古朴哲思的光芒照亮我们的心灵。

对于中学西学问题也是这样。一个民族的文化无论如何优秀,都有其局限性。所谓民族的,就是世界的。中华文明之所以千年不衰,是因为我们的文化始终能够兼容并蓄、海纳百川,成为世界文明史的奇迹。当下的问题是,东西方两种观念、两种文化、两种思潮的碰撞。这种碰撞是残酷的,先进的可以吸取,落后的将被抛弃。正常情况下,对于一个思想成熟且有自身判断力的人,这种决定和判断的做出和选择是积极的。然而,对青少年学生或阅历资历不深的年轻人来讲,充满了危险。这种危险来自于他们自身缺乏判断的基础,也就是说存在软肋。这个软肋就是没有用我们中华文明的精髓强壮筋骨。也就是说,我们要学习现代先进的科学文化,我们要继承和发扬中华民族优秀的文化精髓和古朴的哲思,让中国的现代文化在新一代青年身上放射出更加璀璨的光芒。

现在我们再回到乌鸦的问题上。人类是"食谷忘鸦",错误在人类这边。那么,就必须改正。其实,乌鸦作为一种鸟类始终需要保护。但长期以来,在人们心理上依然存在一种阴影。我们不需要像我们的祖先那样对它如神般崇拜，但应该像对待天下的其他鸟儿一样公平地对待它，让乌鸦的心灵得以安慰。

鹰 嘴 豆

鹰嘴豆成了木垒特产,是我离开东城多年之后得知的。最初我不以为然,只觉得那不过是一种小豆子,女人们磨牙的东西,成不了气候。

后来发现,它的名气越来越大了。先是县里办了加工厂,作为扶贫项目,鼓励农民大面积种植。再后来又有上海一家企业投资建设鹰嘴豆特色加工厂,把鹰嘴豆做成各色美味,远销海内外。据说效益可观,还冠了几个响当当的名号:"黄金豆""珍珠果仁""营养之花""豆中之王"。县政府还专门召开新闻发布会,以"公司+科研+基地+农户"的生产经营模式,全力打造"中国鹰嘴豆之乡"特色产业,推动地方经济发展。

作为木垒人,我当然很高兴,毕竟家乡人找到了致富道路,乡亲们的生活有所改善,这是大好事。不过也有许多的疑问难释。

鹰嘴豆是怎么成名的？它在山村默默无闻千百年，突然一夜成名。好像现在听到某地传闻有湖怪、水怪，人们就联想到消失了几千万年的恐龙；就像某地发现一种迄今难懂的文字或符号，人们就联想到创造了中国汉字的象形文字；等等。我漫无边际地想象着。

小时候我对鹰嘴豆的认识很简单。这种被称作鹰嘴豆的"黄金豆"，当地人叫"桃儿豆"，因其外形酷似一枚高度浓缩的桃子。这种桃儿豆并不是当地的主要粮食作物。当地的主要作物是小麦和白豌豆，一般选择好地大面积种植。次重要的胡麻和油菜，对土地也比较挑剔，需要阴坡地或水浇田。最不重要的糜子、荞麦、桃儿豆，都在阳坡地种植。一般不长糜子的旱坡上，撒几把桃儿豆，只要春天有点雨水，种子能发芽，豆苗儿能钻出土，就能顽强地生长，收成也不错。这一点和古镇人的性格有些相似，再苦再难，只要太阳照着，就要种地收粮，把生活过下去。

小时候，桃儿豆在东城就是这样不被重视，但顽强地生长着。它不是主粮，在饥寒时能补充营养、延续生命。它没有粮食应有的地位，只是作为副产品，农人只是不忘在春天的阳坡地撒上几把种子，保持了它的种族。不过它最终熬过来了，有了名气。桃儿豆现在已经成为主要作物，摆得上大小宴席，飞进千家万户,已经摆脱了几十年来的尴尬局面,成了豆家族中的王者。

出于好奇,我对鹰嘴豆做了些了解。

鹰嘴豆,中文名叫桃儿豆、鸡头豆、羊头豆、脑豆子等。在新疆,维吾尔语称"诺胡提"。英文名为Chickpea或Gram。世界上鹰嘴豆有43个品种,目前种植较多的有4个,分红、白两类。新疆鹰嘴豆属红鹰嘴豆。在食用豆类作物中,耐旱、耐瘠性仅次于扁豆,但它比扁豆高产,是干旱地区、瘠薄山地、荒地开发培肥地力的首选作物。

人类最早是何时开始种植鹰嘴豆的?有各种争议,至今尚无定论。

世界各大洲均种植鹰嘴豆。种植较多的国家是:印度、土耳其、巴基斯坦、缅甸、墨西哥、埃塞俄比亚、西班牙、伊朗、摩洛哥和孟加拉国,尤以印度产量最大。

鹰嘴豆何时传入我国的?没有准确的文字记载。在新疆、甘肃、青海、陕西、云南、宁夏、内蒙古等地有少量种植。据说,鹰嘴豆在新疆的种植时间已有两千多年。鹰嘴豆是当地居民喜爱的一种食物,被称为"新疆八怪"之一。

据有关资料表明,鹰嘴豆的药用价值很高,它富含多种植物蛋白和多种氨基酸、维生素、粗纤维及钙、镁、铁等成分,在润肺、消炎、养颜、强骨、健胃、肾亏、补血、补钙等方面作用明显。世界上许多国家对此都有多年研究，发现鹰嘴豆在生物活性和增强免疫力方面有很大作用，对高血压、高血脂、糖尿病人群很有益处，对前列腺疾病及阿尔茨海默病的治疗和预防有一些作用。

有专家发现，鹰嘴豆富含一种异黄酮的化合物，对女性健康与美容有特殊裨益。这种具有活性植物性类雌激素，能延迟女性细胞衰老，使皮肤保持弹性，养颜、丰乳，促成骨生成、降血脂、减轻更年期症状，也有防止癌细胞增殖、促使癌细胞死亡的作用。

有趣的是，以色列的研究人员发现，中东地区的人们烹饪中经常使用鹰嘴豆，据说食用后能提升人们的快乐幸福感。

我国传统饮食有"五谷宜为养，失豆则不良"的说法。有关专家研究发现，鹰嘴豆与其他豆类相较，在蛋白质功效比值、生物利用价值和消化吸收率指标上均是最高的。因此，鹰嘴豆赢得了"豆中之王"的美称。

新疆和田地区是世界四大长寿地区之一，当地居民日常饮食中，通常以牛羊肉、奶制品、瓜果为主，虽然有这些高脂肪、高蛋白、高糖、高热量食物的大量摄入，但当地人却很少患糖尿病、心脑血管病，主要原因是他们的主食——抓饭里掺有鹰嘴豆，起到了平衡膳食、均衡营养的关键作用。难怪人们称它为"营养之花"。另外，当地人除寿命长外，生育能力也极强，男性七八十岁依然能生儿育女，这与鹰嘴豆能充分补充人体机能有关。和田人也把鹰嘴豆称为"长寿豆""生命豆"。

现在的木垒人，不但把鹰嘴豆制作成各种特色袋装食品，打造出"鹰哥"品牌，还研究出了松仁玉米鹰嘴豆、橘汁南瓜焖鹰嘴豆、鹰嘴豆羊肉手抓饭等特色美味招待宾朋。

后来我注意到，新疆还有一个"鹰嘴豆之乡"——乌什县。当然，到底以种植面积为主，还是以种植历史为主，还是以什么为标准，没有统一的说法。我倒不太关心这个，因为这只是个虚名，不能代表实质。比如多年前，正当我们抱着"四大发明"自豪时，西方现代文明却将我们远远甩在身后。又如，我国是古代足球的发源地，而现代足球运动和中国男足，着实让国人无法自豪。

我一直在想，七千年前，甚至一万年前的古人已经发现了鹰嘴豆，他们是否发现了鹰嘴豆的许多价值，不好说。几千年来，在人类长期发展进程中，鹰嘴豆这种作物就一直被人们种植着，食用着。也就是说，它的价值自古以来就存在，就被古人初步认识。或许现在人们的研究，只是给它取了好听的名字，造出了些名声。而鹰嘴豆只是鹰嘴豆，只是一种作物，不是神物。我相信，所谓研究发现的一些特殊作用肯定是有的，但不能盲目夸大其功效。作为一种食物，只是一种补充性营养食品，过高的期望也会带来危害，正所谓"物极必反"。比如一段时间人们崇尚减肥茶、植物汤、全能粉，而最终神话破灭。

人类是长期的自然和历史选择的结果，而非神造，人类是一种高级生物，是一种高级生命体。生命是一种自然属性，生命活动，生产生活，必须遵守自然规律，违背了自然规律就失去了自然属性。失去自然属性的生命体，类如机器，也就失去了人作为生命体本身的意义。

蒸　饼

"天爷天爷大大下，蒸下的馍馍车轱辘大。"

这是小时候东城古镇孩子们的儿歌，是东城大地上最好听的儿歌，也是我记忆中最清晰的儿歌。多少年来始终记得，想起东城就想起它，想起它就想起东城。

这首儿歌是当地流传的祈雨歌。每当天旱，遇到刮风或下雨时，孩子们就拍着小手喊起来，大人们听了，脸上露出微笑，鼓励孩子们大声喊，大声唱。得到大人们的鼓励，孩子们更起劲了，蹦着喊，跑着喊，跳着喊，有时几个小伙伴手牵着手一起喊。歌声在天空中回荡，幸福在孩子们的脸上荡漾，岁月在歌声中悠悠流淌。

儿歌里说的那种车轱辘大的馍馍，东城古镇上的人们称它为"蒸饼"。其实就是一种用木制蒸笼蒸出的，直径六七十厘米、厚度约十厘米的一种大圆馍馍。

在东城，蒸饼有两种：一种是白面发酵直接蒸的，叫白蒸饼。还有一种叫花心蒸饼。白蒸饼是人们平时吃的，或在红白喜事做主食。食用时用刀切成整整齐齐的梭形方块，盛上一大盘，摆在桌中央，雪白、酥软、可口。遇到丧事人家，亲朋好友会用蒸饼做花盘来缅怀逝去的人。在蒸熟的花盘上面用面制作花鸟草虫，涂上鲜艳的颜料，再用小棍做好的红花、绿草、飞鸟、小虫，与蒸饼黏结在一起，成为真正的花盘。花盘一般比较讲究，高寿的老人或德高望重之人，送来的前来祭奠的花盘多且大，一般献在祭台上，更增添了一种肃穆和敬意。

那种花心蒸饼，就是把和好的面擀成一张张大薄饼，一般是四五张，每一张都涂抹上自产的胡麻油，面饼上分段撒上七彩食料，黑油油的胡麻泥、青绿色的香豆粉、黄澄澄的姜黄、红艳艳的红曲等等，宛如一道彩虹。然后一张张卷起来，再一起盘圈摆放在一张稍厚的底饼上，上面加盖一张较薄的盖饼包裹起来，上笼屉蒸熟。食用时用刀切成整齐的梭形方块，呈现出五颜六色的花纹，清香飘溢，尤其是胡麻、香豆、姜黄这些食料有特殊香气，看了就眼馋，吃起来非常可口。有时夏天，把大蒸饼切成小块放在柳条编制的筐里，挂在高处晒干了，既便于储藏，吃起来更加爽口。把干蒸饼泡在熟透了的西瓜里吃，别有一番滋味。

多年来，我始终不清楚家乡的父老乡亲为什么要做这种车辘辘大的蒸饼。我曾问过母亲，母亲说她也不大清楚，以前逢年过节就是这么做的。在东城，做蒸饼的历史到底有多久？或许是母亲们，母亲的母亲们一直这么做的。离开东城十几年后，这个问题一直缠绕着我。

东城这地方，属天山以北干旱的山区，主要依靠种山坡地生存。这样的山坡地，浇不到水，就是靠天吃饭。收成好的年份，可以多收一些粮食。旱年或灾荒年，颗粒无收。自然环境的恶劣、生存条件的艰难，并没有阻挡人们渴望和追求幸福。人们尽可能地创造条件，用勤劳和智慧改善生存条件。

我时常想，在人们古老的思想意识里，对上苍的敬重根深蒂固。得到上苍的垂爱，是获得庄稼丰收、牛羊满圈、生活幸福的重要精神支柱。人们用最朴素的方式祈祷上天，祈求风调雨顺，盼望着幸福生活。自古以来，我们的许多食物都与祭祀活动有关。比如月饼、粽子、饺子等，就有许多美好的传说。

月饼，又称月团、丰收饼、团圆饼等，最初是用来拜祭月神的供品，有多种传说。唐代叫"胡饼"；宋代叫"金饼"；文学家苏舜卿便有诗句"云头艳艳开金饼"；明代才开始叫月饼，中秋节吃月饼成为风俗。

关于粽子，人们最熟悉不过了，端午节吃粽子的习俗，是为了纪念伟大的爱国诗人屈原。

饺子也叫扁食，传说跟张仲景有关。据说张仲景辞官回到南阳老家，正值冬季，见不少人冻烂了耳朵，他于心不忍，带着弟子搭起医棚，支起大锅，将羊肉和药材一起熬煮，然后将羊肉和药材捞出来切碎，用面皮包成耳朵状的"娇耳"，煮熟后分给大家吃，再喝上一碗药汤，冻伤的耳朵就治好了。还留下了个谚语："十月一，冬至到，家家户户吃水饺。"千百年来，人们沿袭这个古老的传说，是为了纪念医圣张仲景。

蒸饼也有美好的传说吗？我想一定是有的。

馍馍是东城人日常的主要食物之一。做最大的馍馍敬献上苍，用真诚的内心感动上天，慰藉祖先，天降甘霖，福荫子孙，是人们的初衷，也是最朴素最真切的想法。或许这就是蒸饼的来历。

另一个例证。在古代，"羊大为美"，是古人朴素的审美思想。最大的馍馍表达了人们的美好愿望和圆满追求。

在漫长的历史进程中，蒸饼不断演变，使用的食料多了，做的花样也多了，并且更加专业，用途也发生了变化。近些年来，东城人生活条件好了，但依然做蒸饼、吃蒸饼，红白喜事，还用蒸饼招待客人。现在的蒸饼，既是一种食物，也是一种传统风俗，同时也给人们带来了新的希望。有的人家还在城里开起了蒸饼店，把东城的蒸饼送到千家万户。有的大饭店专门用东城的干蒸饼做羊肉泡，还有一个响当当的名号——东城羊肉泡。

小 红 马

小红马实际上是一匹枣红马。之所以叫小红马,是因为它是父亲的马,是父亲亲手养大的。父亲把这匹马,从未成年养到成年,从一匹小马训练成一匹大走马。十多年后,父亲常说起他的小红马,"小"字透射出父亲对这匹枣红马的深厚感情,也寄托了父亲美好的记忆和深深的思念。

关于小红马,得从十多年前说起。那是1990年,我正在上大学,妹妹已参加工作,家里只剩下父亲和母亲。父亲一边在生产队当队长,那时候应该是生产组组长,一边跟母亲种自家承包的责任田和自留地。说起来,我的父母在农村始终都是小干部,也算是领导吧。母亲在生产队当了二十多年妇女队长。父亲的经历要复杂得多,以前当过县武装部直属的民兵连指导员。民兵连有一百多号人,都是青壮年。从我刚记事时起,身材高大的父亲每次回家,骑一匹高头大马,腰里挂一把匣子枪,威风凛凛的像个军官。后来民兵连解散了,父亲回到农村,在生产大队当干部,主要是管牧业。东城虽说是农村,那一阵还是半农半牧。生产大队里,有六个农业生产队,还有一个牧业生产队,牧业生产队队长由父亲兼任。

牧业生产队有两群羊,五六百只,一群牛,一群马,还有一群骆驼。或许从那时起,父亲就真正爱上了马。因为牧场在很远的地方。冬天,羊群在南疆过冬,春天在戈壁放牧,夏天把牲口赶进山,一直到深秋。南疆北疆,山上山下,一走就是一两天,都是骑马。马是牧区的主要交通工具,也是父亲的伙伴。那时候父亲每天都离不开马,无论到哪里,总带一匹马,要么骑着,要么牵着,要么去办事,要么去牧马。总之,父亲与马形影不离。那时我上小学,家里还养了一头驴,平常放学了就去放驴,有时也跟父亲一起。父亲不让我单独骑马,说这马认生,我想骑马了,父亲就把我驮在前面,或者把我放在马背上,父亲牵着缰绳。我单独靠近父亲的马时,它会打响鼻,甩起长尾巴,做一些吓唬我的动作,不让我靠近。其实那时候,我马背上的功夫都是在驴背上练出来的。

我上初中时,农村实行包产到户,家里分了一匹三岁多的小黄马。这匹小黄马鼻梁上有一条白色带状印记,一身深黄色毛发,大人们说是这一匹黄骠马。自此,我把它称为小黄骠。开始,小黄骠从马群中牵回我家,性子烈且胆小,我去喂草、饮水,它总不领情。一方面是在马群里生活惯了,不习惯单独喂养;另一方面是怕生,不接受这种拴起来的生活;再者就是畏惧,它不明白人这样对待它为了什么。不过父亲毕竟是有经验的,他到小黄骠身边,咕噜咕噜说上几句,像是马语。说来也怪,父亲咕噜咕噜说了几句,小黄骠就听懂了,胆儿也大了,也吃草也喝水了,还眨巴着眼睛看着父亲。耳濡目染,慢慢地,我也学会了。一个月后,小黄骠跟我熟悉起来,我给它梳理鬃毛、捋脖子、挖脊背,它一点儿也不怕,还伸长脖子不时点点头,既配合也满意,非常肯定和接受我的友好和服务。那时,我每天放学的第一件事就是去看小黄骠,它见我也很亲热。

春节后的一天,父亲对母亲说,以前牧业生产队的一个牧民想用一头壮牛换我家的小黄骠,我当时听了很不乐意。但是开春就要春耕,耕种是农人的大事,小黄骠毕竟年幼,身体还不壮实,耕地的活自然比不上耕牛。小黄骠在我家养了三个月,还没骑一次就换了一头大笨牛。比起小黄骠来,这头牛高高大大真结实,父亲说它是牧业驮垛子搞运输的,可以骑。我试着骑上壮牛,这牛一点反应也没有,看来它是父母种地最好的帮手了。

一晃几年,我上了大学,家里就只剩下父母了。那时村上拖拉机多起来，种地多用机耕，耕牛显然用途不大了，父亲卖了牛，又买回一匹小红马，那时我上大二。

小红马刚到我家时，也只有三岁。父亲常对母亲称赞说，这马有灵性，性子稳，很喜欢。一段时间来，父亲将全部心思都用在了小红马身上。他开始是牵着"遛步"，后来骑上"压走"，再后来在家门口摆上几道横木，先是将横木直接放在地上，牵着小红马一步一步迈过去。小红马慢慢练熟悉了，父亲逐渐把横木加高，再牵着小红马练习。听母亲说，小红马确实机灵可爱，有时父亲进屋了，小红马就自己练习，从不偷懒。父亲的全部方法都用上了，小红马都能做到，并且很娴熟，像个聪明的孩子，学什么都快，干什么都用心。小红马的灵巧让父亲兴奋不已，父亲走到哪里，就把小红马带到哪里，有时骑着，有时牵着。村里人说，小红马是父亲的兄弟，也像他的儿子，非常听父亲的话。父亲去农田检查工作，小红马就在农田旁的田埂上吃草。父亲往前走，它就顺着田埂往前移动，始终跟父亲保持比较近的距离。有时，父亲与村里人在田里聊天，小红马就在周围吃草，从不私自跑远。小红马让父亲很放心，父亲也让小红马很依恋。父亲说，那时候除了晚上睡觉，其他时间几乎都跟小红马在一起。

那年暑假回家，正值秋收。一天早上，父亲很早就骑着小红马去了麦地，我和母亲是后面走路去的，麦地离我家也就二三公里。中午回家时，我对父亲说想骑马。母亲说："你骑不住，小红马认生，只听你父亲的，别人不让动。"父亲笑了笑说："你骑上别惊动它。"父亲拉住小红马的缰绳，说："慢点"，这像给我说的，又像是给小红马说的，或者是给小红马和我一起说的。我骑上了小红马的背，可小红马转了圈，围在父亲身边不走。我一时心急，用两腿狠击一下它的肚皮，小红马开步走了，先是小跑，后来是快跑，稍不注意就转过身往回跑，因为父亲在后面。我用缰绳打它偏过来的头，小红马生气了，大概是父亲从没有这样粗鲁地对待过它。它心里一定想，你为什么要骑我，你又不是我的主人。我心想，你是我父亲的小红马，我可是他的小儿子，我骑你也是应该的。可小红马想法跟我不一样，就算你是主人的小儿子，也不能这样对我呀！反正小红马不管那么多，它使起了小性子，不管我怎么吆喝它都不听，只顾自己往前跑，一会儿跑下马路，一会儿窜入沟底，它大概是想给我点教训，把我颠得难受，或者让我从它背上下来。因为没有备马鞍，小红马背上只垫了一块马垫，来回活动，再加上我长年在外上学，好几年没骑过马了，一会儿工夫，屁股是又酸又痛，实在受不了。为防止从马背上摔下来，我一手抓马鬃，一手抱住小红马的脖子，任凭它跑。前面一个赶毛驴车的邻居看见了,笑哈哈地说:"大学生,小红马是你父亲的,你可骑不住,快下来吧!"这时候的我是又好气又好笑,屁股颠得实在难受。我一把撩起它的头,从背上跳下来,牵着它回家。

从那以后,我对小红马就没好感了。暑假在家没几天又返校了,小红马依然跟父亲形影不离,父亲也没有因此责怪小红马,小红马也没有因此怪罪父亲,他们还跟以前一样,甚至比以前更亲近了。因为父亲的儿子上学去了,小红马充当了父亲的儿子的角色,给父亲做事,给父亲带来更多的快乐。

有一件事让父亲最为感动,那年秋收后,一次父亲参加村里人家的婚宴,准确地说是给人家主持婚宴,当地人叫主东。在城市里,主持婚宴的司仪多是能说会道的年轻人,说一堆逗乐的话把场面弄活了就行。农村不同城市,在农村主持婚宴的都是德高望重之人。父亲在农村经常给人家主持红白喜事,只要人家请了,放下手头的活就去了。父亲说,这是个操心的活,也是个费力的活,毕竟是农家的大事,处处要想周到。人家请你就是把一切托付给你,你要操办不好,主家会不高兴,参加的人也会埋怨。就算主家碍于面子不好说出口,旁人也会认为是主家不尽心。所以,父亲每次主持红白喜事都尽心尽力。

那天，父亲吃过早饭就去了办婚事的人家，将小红马拴在人家门口的拴马桩上，那是农户人家拴驴拴马的地方。父亲一忙就是一个上午，因为忙，把小红马给忘了。父亲说，那天是个娶亲办喜事的好天气。都深秋了，哪有这么个热法的，跟夏天一样，太阳晒到地上都冒火花。父亲说，小红马在外面又晒又渴，叫了好一会儿，但那个上午实在太忙了，一会儿屋里，一会儿屋外，小红马叫他的时候大概正在屋里，他在屋外时，喝酒的、划拳的，嘈嘈闹闹的，把小红马给可怜了。我们东城那边的婚宴，在酒桌上行划拳，男人们划拳声音好大。父亲也爱喝酒，时不时也跟人家划两拳。父亲说，他突然想起小红马时就吃了一惊，赶快跑出门外，但小红马不见了，拴马桩上只有半截缰绳。父亲说，小红马是不会私自跑的。父亲快步向西河坝走去，一边走一边四处看。父亲走到河坝边时，小红马正从河底往回走，父亲吆喝一声，小红马回应了一声，孩子似的活蹦欢跳向父亲跑来。父亲说，那一刻，他太感动了。父亲说，那一刻的心情无法表达。这种感动，这种感情，只有父亲知道。

第二年春天，我马上要毕业了。父亲和母亲也要离开农村，因为子女都在城里工作，父母年岁大了，把他们单独留在农村是不放心的。我知道，父亲和母亲是舍不得离开农村的。

尤其父亲，舍不下他的小红马。但是没有办法，父亲只好将小红马低价卖给他的一个好朋友，要他好好对待。

父母进城后，小红马的消息就中断了，只是父亲经常想起他的小红马。父亲讲起他的小红马，总是很激动。父亲说，那真是一匹好马，有灵性，跟人一样。就在今年春节，我的几个表姐来给父母拜年时，她们看了我写的《东城记事》里的几篇文章，说起了东城的人和事。不经意又勾起了父亲的心思。父亲想起他的小红马，脸上洋溢着兴奋、激动和自豪。父亲说，那真是匹好马！七十岁的父亲说起小红马时兴奋得像个孩子，比画着驯养小红马时的动作，好像小红马就在他身边。父亲说，要是条件允许真想养它一辈子。

是啊，这是父亲的一段感情，也是父亲的一段真情，又何尝不是父亲的一种情结呢！

我时常在想，现在因为金钱利益，因为权力地位，因为世俗生活，人与人之间的感情，可能有时也要画圈圈论条件有交易。但父亲与小红马之间的感情，让我感动。由此写下这篇文章，以示对人间真情，不，应该是对世界上一切美好感情的纪念。

第五辑 乡村游戏记

乡村游戏记

二十世纪六七十年代，在那段岁月里，不知道城里的孩子在干啥？他们玩什么游戏？反正乡村的孩子整日玩得不亦乐乎。

在新疆北部东天山脚下的东城古镇，那时候叫红星公社，之前叫上游公社，孩子们玩的游戏种类比较多，可以说非常丰富。当然，男孩和女孩玩的游戏有所区别，有些游戏也可以一起玩。男孩子们玩的游戏内容相对要多一些，还有季节特点，比如滚撒赫尔、滚铁圈、打杂杂、骑毛驴，这些游戏一般是开春之后玩的，直到入冬；打髀石、皮带枪、打火枪、斗鸡、转风轮、藏猫猫，这些游戏冬夏都可以玩；打老牛、滑雪板等需要冰场雪地，只有冬天可以玩。女孩子们玩的抓石子、抓髀石，一般是夏天玩；跳皮筋、踢毽子、打沙包、老鹰捉小鸡、下石子棋等游戏，冬夏皆宜。有时候，男孩和女孩也混在一起玩，比如抓石子、踢毽子、打沙包、下石子棋，有时单兵较量，有时编成两组比赛，互不相让，争争斗斗，热火朝天。夕阳的余晖下一起玩老鹰抓小鸡、藏猫猫，更是趣味无穷。那些童年趣事，许多年之后，每每想起总让人难以忘怀。

打髀石

六七十年代的东城古镇,打髀石曾风靡一时,是男孩子最常玩的游戏。那时候,我们把打髀石也叫打老杆,或者直接叫打杆。

髀石是羊后腿大腿骨与小腿骨之间连接的那块骨头,六面各不相同,非常特别。关于髀石,各地叫法不同,我们叫髀石,而那些从江苏、安徽、河南、河北、山东、四川等地支边来的人,叫法各异,有叫"羊骨拐",有叫"羊嘎啦",也有叫"羊骨门儿",奇奇怪怪,五花八门。少数民族的叫法也很奇怪,哈萨克族巴郎子叫它"阿斯克",维吾尔族巴郎子叫它"乌休克",蒙古族娃娃叫它"萨嘎"。那时候我一直想不明白,不就是块骨头么,名字还怪稀罕的,好像藏着许多秘密似的。

一只羊有两条后腿,也就有两块髀石。每只羊大小不一,肥瘦不同,髀石也不尽相同,细细端详,几乎没有两块完全一致的髀石。世界上没有两只完全一样的羊，也就不会有两块完全一样的髀石，这是真的。就算是双羔子羊的髀石也不一样，那种差别是很细微的，只有我们这些常玩髀石的人会发现。一般情况下，羯羊的髀石要比母羊的髀石大一些，绵羊的髀石要比驹驴的髀石大一些。驹驴就是山羊。驹驴的髀石为啥比同样体格的绵羊的髀石小一些，至今也不知其因。

那时候我见过许多种髀石，马呀牛呀驴呀骆驼呀，这些大个头家伙，包括马鹿，髀石都比较大，其中马鹿的髀石比同样个头的马和驴都要小一号，看上去最标准，而且非常结实。猪髀石又长又笨，死难看，大家都不要。狼呀狗呀狐狸呀獾猪呀，髀石都很像，狗髀石和狼髀石几乎一模一样，一般人很难分辨，难怪人们说狼狗一家。而狼髀石最值钱，平常很难得到，据说山上的牧民戴在身上可以辟邪，谁知道避哪门子邪，神乎乎的。不过，大人不让我们沾手狐狸髀石，说是那东西鬼气重，有邪性，我们也嫌它膈应。

我发现，狗呀狼呀狐狸呀这些食肉动物的髀石，比牛呀羊呀马呀这些食草动物的髀石后面缺一瓣儿，起初并不明白为什么它们有这样的差别，一次跟潘大爷喧谎时，才真正弄明白。潘大爷是牧业生产队的牧马人，常年在山野间行走，据说他经常下套子抓狐狸，也抓过狼。

潘大爷说:"哎,娃娃,你看看那些羊啊牛啊马啊,跑起路来都是直戳戳的,拐个弯儿很笨拙。你看看那猫啊狗啊,一边子跑,随时都能拐个弯儿。"

潘大爷说:"你说狼追起羊来,一溜烟儿就撵上了,为啥?"

我说:"那还用说,羊跑得慢,狼当然撵得快么。"

潘大爷呵呵一笑,抹了把白花花的胡子说:"嗨,走马比狐狸跑得快,为啥骑着走马追不着?"

我看着潘大爷,愣了半天神,不知道怎么回答了,也不知道他葫芦里装着什么药。

潘大爷神神秘秘地说:"哎,老天爷神明着呢,人家造物的时候都抠算好了,羊身上的那块骨头比狼的多一瓣儿,狼总是吃羊,吃啥长啥么,就想把缺的那一瓣儿长全乎。"

我傻乎乎地问:"现在长出来了没?"

潘大爷开心地笑了。这时我才发现潘大爷在逗我。潘大爷说:"老天爷让狼的骨头少一块,并不亏哦,它们跑得快,转身快,很灵活。"

可别小看这小小一点儿变化,就是因为缺了这么一小瓣儿,就成了食肉动物和食草动物的分界线。那一小瓣儿骨头仿佛一个优美的转轴,让食肉动物奔跑转弯的灵活性增加了数倍，它们变成了猎食者。此时，我似乎也醒悟了为啥山羊比绵羊灵活，是否因为它们的髁石——这个关键的骨头比绵羊的小巧一些。这是题外话了，再回到打杆上。

所谓的杆，是羊蹄子上的指骨节。羊的指骨节分两种，一种是长的，叫长杆，一种是短的，叫短杆。一只羊蹄上有两个长骨节、两个短骨节。

在我们山村，家家户户都养羊，逢年过节宰羊吃肉之后，杆就有了。吃肉之时，不光男孩子对髁石感兴趣，女孩子们也会盯着，那是她们抓髁石必须的。男孩子们既盯着髁石，也盯着杆，两个不可或缺。

游戏之前，先摆杆，每人一只杆等距离立起，一般是三步一杆，一字摆开。然后，确定先后顺序。三人以上，手心手背，赢家第一个打杆，我们叫头家。剩下的人继续进行，定出二家、三家……最后两人石头剪子布决定，直到所有参与者一一排出顺序为止。要是只有两人，那就简单了，石头剪子布，或者大压小，决定先后顺序。

顺序定了，就步出起点线，准备打杆。起点线一般是三步、五步或七步不等，由头家决定，或者大家之前商定，头家从第一只杆步起，画好线，捏好髁石，开始打杆。

打杆有讲究，髁石肚儿朝上，右手拇指和食指捏着丑九香九,左腿在前,右腿在后,做出一个前弓步,对准立成一排的大小杆,手臂用力,后腿一蹬,借助一个旋转的弹力和推力,将髀石从手指间快速射出,击倒杆。我们把髀石问号状的那一面叫香九,把相对平整带有两个小窝的那一面叫丑九,为啥这么叫,那时候我一直没弄清楚。直到后来,偶尔一次看到岩画上的生殖图里的蟾蜍,若有所悟,大约是那么回事。当然,这也仅仅是我的判断而已。

通常头家最占便宜,第一只杆距离最近,后面的目标还多,瞄准了用力推过去,打倒第一只杆就保本了,要是能顺带打倒第二只、第三只,他就赢上一两只杆。打倒了第一只杆,二家就难了,越到后面越没有机会。后面的人打不倒杆,头家捡起自己的髀石,前脚踩在髀石的位置上,继续打杆,又增加了赢的机会,而后面的人机会越来越少,只有输的份儿了。所以,打杆时大家都争着当头家,头家碰到杆的机会多,至少不会输。

我记得癞头把式最准,那家伙左撇子,戴一顶脏兮兮的破帽子,耷拉着耳朵,翻卷鼻子一抽一抽的,冬天生冻疮,手肿得跟猪蹄子似的,样子很可怜,可是髀石飞出去,每击必中。斜眼子邱三鬼机灵,髀石飞得最远,每次总能混上一两只杆。铁子性格最沉稳,不急不慢,每次都能笑到最后。我的水平仅次于铁子，有时候也能跟邱三一样打个连中。

我们这帮孩子当中，打杆水平最凹的是尖尖帽。这家伙心眼贼，我们都喊他，小地主，尖尖帽，打老杆，白做梦。据说他爷爷在口里是大地主。有人说，他妈还私藏有金银首饰，我们私下里喊地主婆。每次尖尖帽得手了，我们就欺负他，大声喊，小地主又收租子了！小地主又收租子了！这小子非但不生气，还特别开心，笑得满嘴哈喇子直淌，撸起脏兮兮的袖子呼啦一下。要是输了，就气得不得了，跳着蹦子骂自己的臭手，诅咒自己的髀石是懒杆，我们就借机嘲讽："尖尖帽，膏香油，花枕头，没鸟用。"这小子干生气，却不敢发火。要是他胆敢发火乱骂人，我们就一起动手。不过，这样的情形不多。仅有的一次，也被大人制止了。

那时候，杆就像孩子们的钱币一样，那可是装在口袋里天天数着数儿的，男孩子要没有它，那可是没面子的事儿。偶尔也可以用来换零食，那些家境不好的孩子用杆跟家境比较好的孩子做交易。尤其是邱三，这个淮西娃，舌头短、嘴唇秃，说起话来嘴里搅着半根舌头，咕咕唠唠的，吐字不清，常遭人笑话。他家很穷，一日三餐喝糊糊，粮食还是不够吃。有时他就用几只长杆或者两个小髀石跟黄毛换上一块花糖、三颗红枣儿、几粒青葡萄干儿，或者几颗香喷喷的炒大豆解解馋。黄毛家家境好，家里孩子也少，没啥生活负担，黄毛逢年过节总有糖果零食，那是我们最稀罕的。父母不允许我们贪小便宜，可邱三不管那么多，每每换到糖果，就兴奋得不得了，吊着两通清鼻子，吸溜吸溜吃着糖，高兴得跟过年似的。有时我们也分享一下他的战果，他非常得意。不过，我也曾拿髀石跟小眼睛换过毛杏子。他家有一棵毛杏子树，每年都结得满满的，好让人眼馋。其实，毛杏子根本不好吃，又酸又涩，只是觉得好玩。当然，这些只是偶尔的事，孩子们注重的还是玩，是快乐，玩得高兴、赢得多是最终目的。

可是，每次的头家只能有一个，手心手背也好，石头剪子布也罢，也要靠运气。那就要想办法选好髀石，找那些大而结实的髀石，这样的髀石射出去准头好。为了得到这样的髀石，有时就要花些心思，向亲戚家讨要，或者跟朋友换，用马钱或者长杆。有了好髀石，还要不断地练手艺，提高准确率，自己一个人摆上杆在家练习靶子，时间久了，把式越来越准，五六米距离的杆一击必倒。

这还不够，为了增加髀石飞出的稳定性和力道，我们学会了往髀石窝里灌铅。灌铅也是一门技术活，要先在髀石窝里钻出个洞，以便铅液流进去固定住，不至于弹射时掉出来。钻洞必须恰当，要用榔头铁钉砸出小洞，敲击重了会把髀石敲裂，敲轻了没用。这活儿铁头最拿手,他爹是铁匠,打小轮锤头,轻重拿捏得稳,我们常让他敲,他也乐意表现,每次敲完都得意扬扬,仿佛完成了一件大事。当然了,最高兴的是我们,有了这样的好武器,打杆就不怕了,就会越赢越多。赢得多了,就有选择了,每次出杆时就选那些短杆,或者不好的杆,把好看的杆自己留存起来,越聚越多,成为一种炫耀的资本和娱乐的财富。

有一次,癞头家宰了一只大羯羊,骨架子刚刚截肢开,他和他哥迫不及待地卸下髀石。那生髀石真大,粉红色的,看上去非常好,掂上去感觉很有分量,弹射起来也非常有力。没想到一会儿就出现了问题,在与我们的髀石和杆撞击过程中出现了裂痕,要不了多长时间,边角全部烂了。后来我们才知道,煮熟的骨头坚硬,生髀石未经过蒸煮,骨质比较脆,与熟髀石相碰,容易破损。

也是因为这些经历,我们慢慢学会了保养髀石。平时不玩的时候,就给自己珍爱的髀石膏些油。当然不是啥油都行,最好用猪油或者羊油,这样,髀石骨就保持了原有的滋润和营养,坚硬无比。当然,这些事情是偷偷做的,不敢让家里大人知道。那时候衣食紧缺,家家户户生活困难,哪有多余的油可以浪费在玩物上。铁子家相对富裕些,我们曾多次在他家偷偷膏油，后来被他妈发现了。这件事也怪铁子。原本我们只膏猪油或者羊油，每次都是他在家里的荤油陀螺上抠一小块，我们一起抹髀石。那天他异想天开，用小勺子舀了点清油。我们当地的清油是胡麻油，有一股浓浓的香味。我们也没管那么多，用油把髀石边边角角均匀抹了。铁子不但抹了髀石，还用剩下的油把老杆也抹了一遍。无论是猪油还是羊油，抹在髀石上越磨越亮，并且没啥异味。而清油就不一样了，不但味道大，而且容易沾灰尘，尤其旮旯角的位置。髀石装在口袋里，油脂容易沁在衣服上。铁子把老杆也抹了清油，衣服口袋上的一片明显的油污就被他妈发现了。他妈可是个细心人，自然知道了铁子用清油抹髀石的事情，对铁子一顿好打。此事也把我们几个牵连进去，也遭了铁子妈一顿责骂，害得我们好些日子不敢去他家。也是因为这件事，村里人也知道了孩子们用油养髀石的事情，对孩子们进行警告，我们再也不敢偷偷膏油了。这可让我们的髀石少了一些营养，但这丝毫也不影响我们打髀石的兴趣。

那时候我们到处打髀石，放羊时打，在学校也打，回家还打。几个人聚在一起玩，也有同学跟上来凑热闹，也有专门来打杆的。走亲戚时，大人进屋聊天，孩子们就在外面打杆。有时也因打杆而发生争执，甚至动手打架。也有邻村的高手来串门子顺带打杆的，一个人对付不了，就会两三个人联合起来赢他。所谓的联合，就是我们根据距离和每个人的特点，可以把打杆的机会让给最有把握的人来打，确保准确率，增加了赢的概率。

不过，我们确实遇到过一个过硬的强手，就是铁子舅舅家的表哥，一个黑高个儿的家伙，很是傲气，一边赢，一边说风凉话。铁子总也赢不过他，本来就来气，见我们几个也不是他的对手，觉得没面子。我和癞头、铁子三人联合，尖尖帽给我们打掩护，开始我们还能支撑一阵，结果后面还是输了。那家伙的把式真的太准，不服不行，好远的距离，细长的手指捏着髀石，唰一下飞出去就把杆击倒了，又快又准，几乎没有失手过。那次我们只好认倒霉，输也要输得起，不过，也就那一次。

后来，一些孩子手头没有了羊髀石羊骨节，就拿猪髀石猪骨节来玩，最先拿猪髀石的，就是尖尖帽。猪髀石比羊髀石长且笨，一只猪蹄子上也有两只长骨节和两只短骨节。猪骨节实在难看，即便赢到了也往往被我们丢弃，尖尖帽就会悄悄捡回来继续跟我们玩，他拿猪骨节赢我们的羊骨节，倒是挺聪明。

我们一帮爱玩髀石的孩子逐渐长大了，各自有了自己的事情。髀石打的最好的邱三早早退学，到生产队参加了劳动，但有时还玩。尖尖帽跟他爹去荒原上放羊了，不知道他是不是有了许多羊髀石。我上初中以后就不怎么玩了。直到去县城上高中，我才把珍藏最好的一块髀石送给朋友的弟弟。而那时候的孩子对髀石已经不怎么感兴趣了，他们有了新的玩具，打酒瓶盖儿。

抓 石 子

抓石子是乡村小女孩儿常玩的一种游戏,无论屋里屋外,无论炕上地下,随时随地都可以玩。几个扎刷刷的小女孩围坐在一起,有说有笑就开始抓了,一边抓,一边喊着口诀:

抓单单,手要轻;

抓双双,要看清;

抓三三,心不急;

抓二四,要算准;

抓一五,撒得稳,

心莫慌,一把搂。

扎刷刷就是把短头发捋到后脑勺,用一根皮筋绕几圈扎起来,像只小扫把,所以叫扎刷刷。村里大人忙,顾不上给孩子们梳头梳辫子,就不给她们留长头发,只有那些家里有老奶奶的女孩享福,可以留长发,奶奶可以帮着扎。其实大部分人家都不留,因为乡村生活条件差,平常不洗澡,也没有那么多机会洗头,容易生虱子。而短头发收拾起来简单,孩子们自己也可以扎。

一副石子一般有七颗,也有五颗的,那都是小小孩玩的。那石子儿一个个都是精挑细选的,大小一致,滚圆光滑的那种石子。一般都是西河坝里捡的青石子,也有放羊时野外荒地里捡的红石子,非常鲜亮而精致。白石头梁上的那种白石子,看上去也不错,白白的跟玉似的,就是不经玩,容易碎裂。

抓石子通常是两个人比赛,也可以三五个人一起比,需要通过手心手背决定先后顺序。头家先抓,然后二家、三家,依次进行。每个人可以用自己的石子,大家也可以共用一副。抓石子的人握着七颗石子,随手撒开,叫撒子儿。撒好石子儿,从中捡出一颗做抛石,我们叫天子儿。每个人都要完成六场,我们叫六把,完成六把才是大满贯。

第一把是抓单单。抛起天子儿,捡起地上的一颗石子再接住天子儿,然后再抛再捡,这样抛一次捡一次,无论是天子儿还是捡起的石子儿都不能落地,捡石子儿时不能碰到其他石子儿,否则就算犯规,犯规就算输,就由第二人进行。还有一项规则,每次抛或者捡只能坐在原地,不能挪位置,我们叫挪窝儿,挪窝了也算输。这个有讲究,经验丰富的,会用力把石子儿尽量撒开,仔细观察,将间距最近的石子儿捡起做天子儿,这样方便抓子儿。撒子儿也不能用力过猛，石子儿蹦得到处都是，够不着、捡不到也算输，挪窝儿了当然也是输。一般发现那颗石子儿滚的距离远了，会尽力够上捡起来做天子儿，这样抓起来就轻松了。

第一把成功了，就进行第二把，抓双双。一把撒开石子儿，从中捡起一颗，剩余六颗，分三次抓起，每抛一次天子儿，从地上抓起两颗石子儿，三次抓尽就算完成。如果说第一把是尽力撒开，每颗石子儿各个独立，不沾不靠最好。这一把也是要尽力撒开，最好是两两相靠，或者接近，但不能三颗靠近，或者靠在一起，那就不好捡拾了。可以说，这一把很关键，既要看撒的功夫，也要看捡的功夫，全凭手上的感觉，许多人在这把上往往败阵。

兰子姐是我见过最灵巧的，她高高抛起天子儿，然后一个一个捡起石子，有时候可以"飞子儿"，就是隔一个捡一个，不沾不黏，不遗不落，捡得轻巧，接得利落，稳稳当当，从不失手。

邻里女孩子中，总也过不了这一大关的，是果丹皮，她真是笨极了。果丹皮家是干部家庭，家里条件好，她也长得胖胖壮壮的，脸总红红的。她平常总有吃不完的零食，尤其爱吃果丹皮，大家就喊她果丹皮，她还美滋滋的。我妹妹在这一把上失败较多，我也曾经参与过，往往被这一把挡住。其中技巧一直没有领会到。

通过了第二把，接下来进行第三把，抓三三，就是在撒开的七颗石子儿中取出一颗天子儿，然后分两次抓，每抛起天子儿抓起三颗石子儿再接着天子儿，接着再抛再抓，抓完为止。这一把比第二把更难，不过也要看机会，一把撒开，仔细观察，巧妙地捡起天子儿，可以先收拾掉靠得最近的三颗石子儿，再把其余的三颗一把收尽。剩下的三颗就好办了，轻轻一把抓起。有时候，有的人勉强通过了第二把，在这一把上，不是抓漏了，就是碰到了别的石子儿，前功尽弃。

在这一把上，兰子姐玩得最巧，她既会轻巧地捡取就近的三颗石子儿，也很会使用她惯用的飞子儿。她会先捡起一颗远的石子儿，再飞过顺势轻轻一挪，唰一下将两颗石子抓起，再稳稳地接住天子儿。这种随心所欲自由自如的飞子儿手法，也只有兰子姐最擅长，用得最巧，每每得手。兰子姐脸儿瘦长，肤色泛黄，梳一对细长辫儿，辫梢各系一根红线绳。她抓髀石时，长辫儿在后背一飘一摆的，像两只红蜻蜓，在她百花布衬衫上上下下飞舞，煞是好看。那时候，女孩子们都崇拜兰子姐，而她妈却不让她抓石子儿，她妈说，玩性太大的人命苦。后来她就跟着奶奶学绣花了，这是后话。

通过了第三把，就是第四把，抓二四。从撒开的石子儿中取出一颗天子儿，剩余六颗分两次抓完，先抓两颗，后抓四颗，顺序不可颠倒。这个比较好抓，只要石子撒得不至于太零散，一般情况下，过了前三关的人，也可以顺利过这一关。就算果丹皮那样的笨手，让她单独抓第四把，她也能过关。

接着是第五把，抓一五。从撒开的石子儿中取出一颗天子儿，剩余六颗，先抓一颗，后抓五颗，顺序也不可颠倒。这个有些难度，难度在第二步，先抓一颗石子儿比较容易，第二步要一下抓起五颗石子儿，手小的人抓不下，或者抓起了五颗石子儿，接天子儿时，这一手的石子儿可能把天子儿碰飞，要么手里的石子儿掉下来，都有可能，这样又是白费，折在第五关口。

前五把都顺利通过了，就是第六把，一把抓，也是最后一关。从撒开的石子儿中捡起一颗天子儿，往往是捡起滚得最远的单个儿的那一颗；然后抛起天子儿，一把抓尽地上的六颗石子儿，再接着天子儿，一个都不落下，且接到手里的石子儿一个不掉落为赢。这一关的难度是撒石子儿要集中，最好是一条线上，太零散了一下子抓不全，另外就是抓起石子儿接天子儿时，容易碰飞，或者漏掉手里的石子儿，功亏一篑。手小的人在这一关往往吃亏，兰子姐手指细长，即便是零散的一堆石子，她也能绕一圈把石子儿全部抓起，然后稳稳接住天子儿，动作优美，且有节奏，真是天衣无缝，让人无比佩服。

在村里所有女孩子中，果丹皮手最笨，抓石子很少能过第二把，连一般男孩子都比不过。兰子姐抓石子玩得最好，绣花也最好，可命运不济，后来嫁到外村，据说那男人有些残疾，心脏有问题，经常打兰子姐。那时候我并不知道心脏有问题是啥病，后来才知道，那是一种先天性心脏病。有人曾劝她离婚，兰子姐不同意，她舍不下一双儿女。兰子姐过得非常艰难，遭了不少罪。我离开村庄几年后，听说她男人病死了，兰子姐终于改嫁，后来的处境一定好多了，但愿！

抓 髀 石

抓髀石，或许来源于抓石子，是乡村小女孩儿常玩的一种游戏。

相对于抓石子，抓髀石花样多，难度也更大，玩起来更有意思。抓髀石，一般用五块髀石，最简单的玩法，跟抓石子类似，翻单单、翻双双、抓一三、一把清。

复杂的玩法，是翻髀石。一把撒开髀石，从五块中捡出一块做天子儿，然后开始翻。第一关翻单单，先看四块髀石的形态，有几个窝窝就有几口气，这个很关键。抛起天子儿翻髀石，一块一块依次翻，每抛一下翻一下，从香九开始，依次是丑九、窝窝、肚肚。规则是每次必须翻成功，否则就算输。但是，前面撒出的窝窝可以接气，一个窝窝接一口气，两个窝窝接两口气，三个窝窝接三口气，四个窝窝自然是接四口气，那就太幸运了，这样的可能性极少。若你有两口气，中间一次没翻成功，可以继续抛起再翻。要是还没有成功，可以再抛一次再翻。若再不成功，就算输了。如果翻成功了，抛起天子儿将它抓起。接着开始第二块、第三块、第四块，依次抓完，算是过了第一关。

第二关，是翻双双。一把撒开，捡出一块天子儿，每抛起天子儿要同时翻两块髀石，至少要翻成功一块，可以接着抛起天子儿补翻一次。如果均未成功又无气可接，那就算输。通常的玩家喜欢练习撒髀石，就像掷骰子一样，必须有一定的把控能力，至少也要撒出两个以上的窝窝来，有两口气做保证，成功的概率就大些，否则就是要靠实实在在的实力和运气了。兰子姐撒髀石很有一手，她随手一旋转，髀石转着圈儿落地，总会有两三个窝窝，四个窝窝甚至全是窝窝的机会也是有的，别人可没那么幸运。我表姐曾经问过兰子姐是怎么撒的，兰子姐眯着眼睛笑了笑说，把髀石肚肚朝上抓起，一旋转就翻过来，没啥特别的。不过，说起来简单，我表姐却做不到，总以为兰子姐是在逗她的。后来一次，我撒髀石时无意中向上倾斜旋转了一下，没想到居然出现三个窝窝，我再撒一次，四个窝窝，再撒一下，还是三个窝窝，我高兴极了，相信兰子姐说的是对的。而此时，兰子姐已不再玩髀石了。

过了第二关，第三关是抓一三。将髀石一把撒开，捡出一个做天子儿，先翻一个单独的，窝窝肚肚香九丑九之后抓起。

其余三个一起翻，每次至少要成功一个，否则必须要有一口气，没有，就算输。成功了，就是第四关，一把清。

所谓一把清，就是四个髀石一起翻，每次都要成功，否则就是前功尽弃。许多人连续闯关，在这一关上就败下阵来。只有兰子姐，每每过关，显得很是轻松，左邻右舍的女孩子们都很羡慕，一些大人也夸奖兰子姐灵光。而她妈却不那么认为，始终说那玩意是害人的货，不让她玩。每次几个人玩不下去了，或者一个下午死活过不了最后一关，就有人偷偷去叫兰子姐，要是她妈不在家，兰子姐悄悄就来了。要是她妈在家，就跟她妈妈谎称自己家有事需要兰子姐帮忙，她妈自然应允，兰子姐自然知道要去干啥，轻轻笑着过来，畅畅快快地玩一把。有时候小女孩们等不及，就让兰子姐抓第四把，说要仔细看看这一关。兰子姐就再表演一次。兰子姐撒髀石、抛天子儿、翻髀石，无论单个还是三个四个，对她来说都是那么轻松自如。没有办法，别人看了，各个羡慕，羡慕之后，就是叹息，感慨自己为啥没有兰子姐的一双巧手。

平子问："兰子姐，你在家都在忙啥？"

兰子姐苦笑一下说："在绣花呢。"

平子说："绣花多好玩，你是跟谁个学的，我也想绣呢。"

"跟我奶奶学的。"兰子姐说完,看着平子淡淡地笑了笑,没有再说话。看得出来,兰子姐的笑容里有一些苦涩,似乎她并不喜欢绣花。她为啥不喜欢绣花,没有人知道。

后来一段时间,就没有人再叫兰子姐了,有说是她妈知道了有人骗她的底细,也有人说,是她自己不愿意出来。总之,没有兰子姐参与的抓髀石总有些缺憾,因为没有谁会顺利过关。就算说偶尔过关了,也只是偶尔,不能保证再一次她还能一次性过关。有时候,大家在一起总是觉得少了些啥。其实,游戏也是有灵魂的,没有灵魂人物的游戏没有一点儿趣味,大家在一起互相埋怨,玩着没劲。

后来,更小一些的女孩子兴起了玩彩色髀石,就是把髀石涂成红色或者蓝色,玩那种简单的抓石子一样抓髀石。高难的玩法慢慢无人问津了。

打 尜 尜

尜尜，看这个字就知道它的形状。选一根大拇指般粗细的短木棍，截取一拃长，两头削尖，就做成了一支尜尜。选尜尜木料有讲究，一定要选结实的果树枝或者柳树枝，松树枝和杨树枝比较脆，容易打断。尜尜做成了，再选一根二尺长光滑结实的木棍做杆，一般选白蜡木或者柳木，击打起来非常有力。

我们当地，尜尜有两种玩法，一种是一手捏着尜尜的一端，另一手握棍用力打击，使尜尜飞出老远。另一种玩法复杂些，要将尜尜扔到地上，用木棍敲击尜尜的一端，使之弹起，然后快速打击尜尜，使之飞远。第一种玩法比较简单，平常人都可以打。第二种玩法，需要更多的技巧。

我们玩时，把两种玩法结合起来。先分两队，一般是自由结合，有时也由两个领头的石头剪子布优先选人。每队选一人打尜尜。先用尜尜的尖头在地上画一个直径一米左右的大圆圈，打尜尜的人站在圈里，把尜尜撂在地上，不能出圈。然后，用木棍敲击尜尜的一端使之弹起，迅速击打到远处，在尜尜落地处画一个小圈定位，站一人守护。接着对方把尜尜拿回大圆圈里，把尜尜撂地上，敲击一端，然后击打出去，确定位置后，用木棍从大圆圈的中心点开始，丈量双方击打的距离，距离远的一方获胜。然后开始惩罚，由胜方打尜尜的人把尜尜直接打到远处。这次采用的是直接打法，一般是左手捏住尜尜一端，手臂伸直，竖在面前，右手握住杆，用力打击尜尜中部，左手要顺势丢开，尜尜嗖一声飞出好远。

尜尜飞出好远，输的一方要吼哨，就是从圈里出发，大声吼叫着跑向尜尜落地的地方，捡起尜尜再吼叫着回到起点。吼哨声音要大，中间不能停顿，如果声音变小或者停顿了，就算犯规，要回到原地重新吼哨。一般情况下，打出去尜尜的距离也就一二十米，吼哨没有问题。但是，对方的人一边监视，一边有人不断逗他发笑，比如说笑话，比如故意说出骂人的话干扰他，让他中断了，好重新再来，以此取乐。

第一个人吼完了，第二个人接着吼，对方接着逗乐、干扰，直到对方每个人都吼完，才开始第二局。

有时候，因为大家互相逗乐，吼哨的人居然吼不下去，那就由对方的另一个人先来吼，让他休息，最后再补上。

第二局，双方的第二个选手开始打尜尜，定出输赢，接着吼哨，接着逗乐。

在我们一帮孩子当中，尜尜打得最差的是大头，笨手笨脚，还慢半拍，尜尜弹起来，总也打不着，或者干脆打偏，落到近处。打得最好的是癞头，他眼尖手快，机会抓得好，每次都能打中，并且打出好远。手持尜尜打得最远的是铁子，这家伙力气大，很会打，我们总在一队。癞头这家伙是左撇子，打不太远。吼哨次数最多的是邱三，他吼哨带一股怪声，惹的人发笑不止。邱三爱笑，别人一逗他就笑，一笑就中断了，重新来。每次中断了，他就骂人，用淮西话秃嘴秃舌地骂，谁也听不懂，不过都知道他在骂人。大家再把他糟践一顿，骂他淮西娃、秃嘴子、漏漏嘴、假嗓子等等。那家伙嘻嘻哈哈一笑，也就完事了，接着吼哨。

后来，癞头又发明了胯下敲击尜尜，然后再击打，难度更大，没有几人能够玩好，后面就没人玩了。

我们打尜尜出过一次意外。那次铁子打尜尜，邱三说他可以接住，别人都不信，结果，铁子一杆子过去，尜尜嗖一下飞过去，邱三没有接住，尜尜打到邱三脸上，尖头插到眼角，当即流血，可把我们吓坏了，幸好没有伤着眼睛。不过，邱三脸上留下了一个疤痕。从那之后，大人们就不让我们玩尜尜了。

不过，我们在野外放羊时照样玩，只是尜尜两头削得不那么尖了，没有太多危险性。当然了，以后也就没有谁冒险去接尜尜了。

打尜尜需要开阔的场地，只有人多了玩起来才热闹，有局限性。再说危险性较大，容易发生意外，后来就不再玩了。

滚 铁 蛋

小时候，我们把滚铁蛋叫"打撒赫尔"。为啥叫打撒赫尔，没有人说得清。据说，这个叫法是蒙古语，但也不确切。具体为啥这么叫，已经无法考证了。

老人们说，他们小时候玩的是石头蛋儿，西河坝里捡的。那时候可没铁蛋儿，打的是羊骨节儿，打法跟打髀石有点相似，两步立一个，石头剪子布决出先后顺序，从五步开外滚撒赫尔打杆，击倒的杆算是赢的，后面的人可以打杆，也可以击打前面人滚过来的撒赫尔，只要击中撒赫尔，对方就输了，前面打杆赢的骨节儿就得交给他。也有富人家的孩子打马钱，就是铜钱，大多是清朝的，最常见的是光绪通宝、咸丰通宝，也有嘉庆通宝、乾隆通宝。记得铁子曾经拿过一枚不带孔的红铜圆币，看上去怪兮兮的，上面密密麻麻的文字一个也不认识，铁子说是从他爸的匣子里找到的，据说是古墓里捡的，我们觉得膈应，不容许他使用，现在想来觉得好笑。如此看来，东城人打撒赫尔还真有些历史传承。

我们打撒赫尔,滚的是铁蛋儿,它大小不一,汽车轴承上的钢珠大拇指头大小,大马力拖拉机的钢珠有半个鸡蛋那么大,也有一种铁蛋儿,半个拳头大,滚起来非常有威力。我见过最有威力的,是滚石头蛋。

最初是生产队一帮小伙子农闲之际闲来无事玩的,他们从西河坝捡来拳头大小的圆石头,有的比小碗还大,铁柱捡的更夸张,一块青白石头,跟西瓜似的,别人戏称铁柱滚西瓜。小伙子们不用羊骨杆,那也经不住打,他们选用小青石做杆,然后,按照手心手背决出的顺序打杆。滚这些大石球都是些力气活,滚过来虎虎生风,砸到杆上碎石乱飞,火星四射,很是危险,大人并不让孩子们玩,只是看看热闹。

我们就玩滚撒赫尔。滚撒赫尔也讲究把式、准确度。在我们一帮孩子中,癞头的把式最准,命中率几乎是九成。关键是这家伙贼点子多,会打埋伏。比如他是头家,第一把没有把握击中,他会把撒赫尔滚到靠近杆的前方挡住,给后面的人打杆增加难度,这样一来,第二轮,他就近水楼台先得月,打倒头杆,然后挨个儿打下去,一路扫空,成了最大的赢家。

不过,邱三可不是省油的灯,他会抓住机会凭借自身命中率高的优势远调一把,拼命一搏,也能分一杯羹,有时还挺得意。然而，他的远调也让撒赫尔滚得好远，也就失去了杀回来的机会。其实他也不敢杀回来，要是靠得太近，又会被癞头接着收拾了，前功尽弃。

记得有一年冬天的下午，我们玩得起劲，天色不知不觉就暗了，傍晚时分，突然飘起雪花，我们冒雪打杆。那天的雪花真大，跟鹅毛一样，我们通常都说是鹅毛大雪。我记得大哥曾说过一句李白的诗，"燕山雪花大如席"，还真有那种味道。不过，那时候我并不知道李白是啥年月写的这首诗。后来读了《李白传》，发现李白写这首诗时正值初冬，安禄山控制的燕北，风声鹤唳，唐朝面临一场惨烈的暴风雪，或许李白感觉到了某种异样，这首诗或许就存有一番寓意，可惜唐明皇没看明白，遭受了"安史之乱"。这是我的猜想，李白诗歌真意是啥，不得而知。

雪越下越大，地面已经白了，眉毛头发也白了，撒赫尔滚过，杀开一条雪路，缓缓腾起的一股雪雾，与空中飘落的雪花交织在一起，煞是好看，也点燃了我们的激情，玩得更加起劲。天气异常冷，我们的手冻得发红，撒赫尔上也积了一层发灰的冰雪，滚时还要清理一下。地面的雪渐渐厚了，癞头的撒赫尔小，滚起来没有了优势，他的贼点子也没用了。邱三的撒赫尔大，准头也大，这下更加得意，连连得手，反过来教训癞头了，让一向得意扬扬的癞头叫苦连天。癞头一脸沮丧，这样的机会可是不多啊，我们趁机拿话刺激他，作践他，报复他以往的强势，他干生气也没用，这个下午我们非常开心。

后来听说，邱三滚撒赫尔的技艺是他爸教的，他爸是滚撒赫尔的一把好手。

可是，渐渐地，邱三他妈不让邱三玩撒赫尔，什么原因不得而知。而邱三不滚撒赫尔，着实少了许多热闹，让人郁闷。有时我们偷偷喊来邱三，滚上几回，他妈看见了，扯开嗓子就骂，吱哩吱喽的淮西话很难听，也听不懂。起初我们还藏起邱三，他妈找不见，骂得越发厉害，我们都嫌聒噪，捂着耳朵，让邱三快走。邱三无奈，怏怏地走了，不时还回头看一看我们，甚是可怜。

我对滚撒赫尔的记忆很深，但玩的时间很短，好像刚上中学就不玩了，打髀石却在继续。

打 老 牛

我们小时候玩的打老牛，就是一种陀螺，不过，我们叫打老牛。我们的老牛都是自己做的，选那种结实的木料，松木或者榆木，其实榆木比松木更好。平常人们说，榆木疙瘩，榆木疙瘩，好像带有贬义，其实不然，正说明榆木的瓷实和坚硬。用榆木做的老牛，分量足，皮实耐抽，适合来回抽打，非常好用。

木料有粗有细，做的老牛，有大有小，有高有矮。大牛有大牛的玩法，小牛有小牛的乐趣。选好木料之后，用锯子截成合适的段，然后用斧头一点一点砍，把一端削成尖锥状，再在尖锥尖上钉一颗短钉，钉帽贴紧尖部即可。找一根布条儿撕成两截搓一下，拴一根细棍做成鞭子，找到冰面，把鞭子梢按在老牛上，鞭子一圈一圈缠起来，把老牛尖顶着冰面，一手按着顶端，一手用力一扯鞭杆，老牛唔一下转起来。然后拿鞭子用力抽打老牛，当然了，抽打的力度要适中，大牛用力可以大一些,小牛用力要小一些。老牛转稳当了就好玩了,可以抓一把雪从上往下落,雪落到老牛上就会被刷地甩出,飞起一层雪雾,落在老牛周围,一会儿就变成一圈。令人奇怪的是,这个圈非常之圆,绝非我们可以随便画出来的,我们赞叹打老牛的神奇,也对其中的道道浮想联翩。

撒雪玩腻了,我们玩碰仗,把两个老牛赶在一起,让它们相撞,看看谁转劲更大,谁先碰倒。一般情况下,肯定是又胖又大、转得又快的老牛力气大,一下就把小老牛碰倒,甚至碰飞。就好比身高马大的壮汉碰倒了瘦猴子那么滑稽,就像大公鸡扑倒了小鸡那么霸道,让人又开心又惋惜,说不出的滋味儿。

当然,我们还琢磨出了一些更特别的玩法,在老牛顶上画上黑红蓝相间的圆点,老牛飞速旋转起来,所有的圆点都变成了圆,标准的同心圆,我们也为这些想法吃惊,更为这种现象惊奇不已。这个原理和现象,后来我学习了物理之后才有了清晰的认识。

在打老牛的玩乐中,我发现老牛的高矮、粗细、形状、尖部与转速和稳定性有很大关系,太细太高的老牛稳定性差,经常东倒西歪的。尖部接触面大的老牛,比如,尖部钉了图钉的老牛,转速相对慢一些,碰不过同样大小尖部钉了细钉的老牛。同样粗细同样尖部的老牛，矮的比高的旋转时间要长，这些事情都让我好奇，但其中原理当时想不明白。

后来我才知道，我们小时候玩的打老牛，城里人叫转陀螺。

儿子几岁时我给他买了好几种陀螺，有一种六套摞起来的，大的套小的，一个套一个，看上去很好玩。可是，用上发条上劲的方式让陀螺旋转，怎么感觉它不是陀螺，没有我们小时候甩着鞭子抽陀螺来劲。我试着做了一个简易的陀螺在客厅里给儿子演习，儿子无论如何也学不会抽打陀螺，看来，他们这一代人只能玩城里的陀螺了。

我一直在想，但凡娱乐，其中的学问也够让人琢磨的。其实生活处处有学问，只看我们是否在意，是否细心，是否钻研。而孩子们最大的天性是玩，是高兴，是快乐。快乐可以带给人更多的想象力，也能给人带来无限回忆。比如现在，我一直努力回忆儿时的游戏。这些游戏和玩具，带有鲜明的时代特征，有时候也不简简单单只是一种回忆，而是一种文化、一个时代的记忆。

骑 毛 驴

我说的骑毛驴不是骑真毛驴,而是骑人,准确地说,是骑用人的腰板搭的桥,我们戏称"骑毛驴"。

骑毛驴一般分两组,一组搭桥,一组骑驴。搭桥组一人当柱子,一人弓腰抱住柱子,其余人逐个儿搂腰搭桥。骑驴组的人全部骑上后,搭桥组要驮着骑驴组原地转一圈,叫作推磨,中途不能停顿。如果骑驴组的人没有全部骑上,或者中途有人掉落都算输。搭桥组桥断,或者有人压倒在地,也算输。输了,就交换游戏。谁都愿意骑驴,而不愿意搭桥作驴。无论是骑驴,还是搭桥,都是有诀窍的,这些都是玩乐过程中积累的经验。骑驴组的人骑上后,会故意吆喝大唱,让搭桥组的人发笑,腿软走不动,或者支撑不住,再来一次,一次次消耗体力,一次次欢喜娱乐,直到体力透支,实在玩不动为止。

骑毛驴需要多人参加,人越多越热闹。不过一旦超过十人,也就是每组五人以上,玩起来就是另一种味道了。

记得高一那年有一次体育课,学习跳马,同学们都不适应,体育老师一时心血来潮,让男生骑毛驴。我们班有二十多个男生,除了几个个头矮小的不参与,每组也有七八个人,这下可热闹了。我们组先骑,对方明显经验不足,搭桥后,我们组的人就开始骑了,刚开始上去的几个人很快摞起来,后面的人很难跳上去了,我一看不对劲,凭借弹跳实力纵上去,给几个人私下里交代,轻喊一二三,一起用力压,很快下面的人支撑不住,桥断了,我们赢来第二次机会。这一次,我让两个身体素质好的,飞快骑到最前面。然后找两个不太利索的骑到中间,趴倒,当作二层桥。我和另外一个先后跳上去,骑上二层桥,最后一个上来紧紧抓住前面的人。这样一来,我们组一个不落,全部骑上。搭桥组的人哼哼唧唧没走两步,中间就断链了,我们继续骑。两次三番之后,对方就折腾没劲儿了,不过,我们组的人一时得意,从上面掉下一人,比赛输了,交换游戏。

这下该他们报仇了。我们的麻烦也来了,第一次,我们选最胖的人做柱子,最结实的人搂着他的腰,我在中间位置,最瘦的一人在最后。谁知道骑驴组的都是些愣头货,一个个跳不远,都集中到了中后位置,不到五个人就把我们的最后一人压倒了。我们将最结实的人和瘦子换了个个儿,最结实的人在最后面应该没事。谁知,对方还是之前的做派,一股脑儿压在中后部位,我们最结实的人也被压倒了。最后只有我来顶了。我想了一招,彻底改变了局面。我招呼前面的两人听我指挥,当对方第一人跳上的刹那间,我喊一二,我们三人身子同时往下一蹲,接着,我飞快地再往上一挺,对方还没反应过来怎么回事,就被送到了最前面。对方第二人上来,我们接着一招呼,这家伙没有骑稳当,掉了下来,我们再次赢了。对方也发现了我们的秘密,他们照搬照学,也让我们再失一局。如此折腾,双方两败俱伤,却是非常快乐。

大约那是我们最后一次玩骑毛驴游戏了。后来的跳马课自然是人人过关。而骑毛驴就成为一种记忆了。

木 头 枪

我们小时候玩的木头枪，不是那种长枪。那种长枪很笨拙，是红卫兵军训用的，我们并不感兴趣。

我们最早玩的，都是手枪，源于那些战斗片，《地道战》《平原游击队》《敌后武工队》等等，是大人用那种可以拐弯的细钢锯锯出手枪形状，然后经过雕刻、打磨、着色、装饰，一道道工序完成的。雕刻是个手艺活，要用小刀刻出枪头、准心、枪把等部位形状，通常要拿尺子画线，用铅笔画出各个部位，然后才动刀，切要非常仔细，否则就容易刻坏了。相对于雕刻，打磨就简单多了，却也不能马虎，先用玻璃片刮出弧度，再用旧砂纸或者破帆布之类的粗布打磨，使边角、弧度更加圆润，捏在手里更舒服些。着色很讲究，最好用墨汁加盐浸染，加盐是为了固色。更多时候，我们用锅底灰泡盐水浸染，因为那时候条件差，不是每家都有墨汁的。浸染之后阴干，再浸染，再阴干，反复多次，然后用破布子把表面抹拭干净，避免黑墨涂染一手。

我有两把木枪,一把小手枪,一把盒子枪。小手枪是和木匠做的,他是古城一带最有名气的木匠。和木匠嘴上有烂疮,村里人私下里都喊他疤嘴子。据说那是一种难以治愈的疾病,不过,这倒没影响到他的技艺和生活,尽管吃饭时有些难受,但凡饭菜有辣子,他吃一口就吸溜一下,倒也看不出难受的样子。他还喜欢吃辣子,说吃辣子香,下饭。他吃饭的样子,我始终印象很深。

和木匠不识字,但做家具、建房子,样样在行。东城地界上,谁家的房子家具是和木匠做的,那可是自豪,他做的家具结实耐用,让人放心。建房子做家具,那么多数字,他居然准确无误,真是奇人。我一直很奇怪,后来父亲说,他的诀窍就是画记号,比如窗户的边、隔、衬,他用不同的符号区分类型,用画道道的方式记录数量,从来没有出过偏差。

记得我曾经干过一件错事。那时候父亲跟他学木工,在学校做课桌,我还没有上学就跟着父亲。和木匠做好一批木料坯子,画好记号,我父亲抱过来,一一落好。出于好奇,我就用橡皮把和木匠做的一些记号给擦了。过了一天,他要我父亲把坯子抱过来,发现没了记号,问我父亲怎么回事,父亲丈二和尚摸不着头脑,也不知道怎么回事。和木匠似乎有些不敢相信，气嘟嘟地说："出了怪了！我记得画得好好的。"

当时我心里非常紧张，不知道该怎么说。

和木匠仔细查看了坯子上的痕迹，看了看脸色紧张的我说："是你捣的鬼！"

我的脸一下刷白了。父亲正要责罚我，和木匠笑了笑说："嗨，算了，娃娃弄的玩的。"父亲白了我一眼，我愣愣地站在那里不敢吭声。和木匠走过来，在我鼻子上轻轻刮了一下，和蔼地说："调皮蛋。"接着又说："一会儿我送你个礼物。"我也没想那么多，就出去自己玩了。

那是个春天，校园里有一棵桃树，桃花刚刚开放，大大小小的蜜蜂嗡嗡地叫着，红蝴蝶白蝴蝶飞上飞下，忙得不亦乐乎，我却没有心思看它们。我用一根小木棍在树下掏土牛。土牛是个非常奇怪的东西，它能在土里行走，还是倒着走，它会旋转，能造出一个圆锥底的小窝，非常光滑，非常精致。

土牛在土里是怎么旋转的？这个圆窝窝是怎么造出的？这些事情都让我好奇不已，这小小土牛居然有这么一手本事！

此时，我发现一只小蚂蚁掉进土牛窝里，拼命挣扎着想出来，可是没有用，它出不来，在里面打转转。

土牛出现了，还是一只大土牛，看上去是小蚂蚁的好几倍，我心里暗喜：这下可有好戏看了。

我记得二哥跟我说过，土牛的窝也是它的陷阱，倘若有小虫子掉进去，八成上不来，困死在里面，就成了土牛的猎物。我一直半信半疑，我曾见过土牛窝里干死的虫子，却从没有亲眼看到过土牛捕猎的场景，今天赶上了。

只见土牛出来后，观察了一小会儿动静，倒着身子靠近小蚂蚁，用它那两只前端内弯的茶色触角把小蚂蚁推进土里，小蚂蚁细小的身子很快就被细土淹没，渐渐消失了。

我正在为土牛的能力感慨：它看上去那么小，那么笨拙，居然会制造这么精细的窝，还用如此聪明的方式捕猎。这时冷不防过来一个人，吓了我一跳，转身一看，是和木匠。他笑眯眯地问我看什么，我说是土牛。和木匠说："给你个好玩的。"说着，他从身后拿出一把小手枪递给我说："送给你的小礼物！"

我瞪大眼睛，惊诧不已，简直不敢相信这是真的。我小心翼翼地接过小手枪，哇，跟真的一样。我见过真枪，是我表姐夫的，他是检察官，有一把小手枪。我高兴地笑了。和木匠又在我鼻子上轻轻刮了一下，笑着说："玩去吧！"

我飞快地跑进木工房，把枪拿给父亲看，父亲笑了笑说："和师傅夸你聪明，以后不许捣蛋了。"我不知道我哪里聪明了，自然也不知道擦掉记号跟捣蛋有啥关系。不过，有手枪玩了，其他都不重要了。

因为急着玩手枪，也没有顾上仔细看完土牛最终是如何杀死猎物的，有点遗憾。

回到家，二哥帮我把枪染成黑色，枪把下面还装饰了一块红布，可带劲了。这把小手枪可带给我许多荣耀，它是我们一帮小伙伴的枪中最精致的一把，大家都非常羡慕。这把枪陪伴了我好多年，一直爱不释手。

盒子枪是我二哥给我做的，也很精致。二哥爱做木工，偷偷用父亲的工具做过小板凳等小家具，还挺结实。二哥做这把枪有个条件，就是我必须考100分。

那时候我刚上小学，语文和算术都学得好，天天盼着考试，就是没有考试。我就缠着二哥先做枪，二哥没法子，只好先做了。二哥动作快，头天下午锯好形状，第二天就刻磨成型，有模有样的。二哥说是按照书上的实际尺寸做的，跟真枪一样大小。这下可让邻居家几个孩子眼红了，纷纷前来，死缠烂磨非要二哥做一把，甚至要他们的父母来找二哥。为了此事，父亲责骂了二哥，说他弄坏了工具，具体弄坏了啥工具，我不清楚。好像是二哥手法不对，把父亲的刨子的刃磨偏了，惹得父亲很不高兴。不过，二哥并没有因此住手，他还是一如既往，当然，挨骂的事也没有避免。

一天早晨，语文老师课堂听写，我得了100分。算术老师搞了个小测验，我又得了100分，二哥拗不过，就把枪给了我，只答应玩一会儿，我兴冲冲跑出去，让小伙伴们羡慕不已。然而，这把枪我始终没有真正玩过，一方面枪体太大，不好携带，不像我的小手枪，腰间一别就行了。最主要的一方面是，二哥不让我四处炫耀，或许是他不想招惹麻烦。

后来，火枪兴起，木头枪就显得没用了。我们的童年又进入火热的火枪时代。

打 火 枪

乡村孩子玩得最奢侈的,就是火枪。那时的火枪一般是木制枪架,木材多选用杨木板材,锯成手枪形状,钻好扳机孔。找一个自行车的气密芯固定在手枪前段做枪膛,气密芯嘴反装上做弹药管,这是火枪的关键部件,是核心机密。选一根废弃的自行车辐条,量好尺寸,一头弯成回字形做撞针。拉一根皮筋,一般选用废弃自行车的内胎,一头固定在枪头,一头挂在回字形撞针的立杆上。握住枪把将枪头往土墙上插,目的是让气密芯嘴子用土封瓷实,然后往气密芯嘴里灌进火药,一般情况下,两三根火柴头上的火药就够了。用撞针将气密芯里的火药碾碎,捣实。把撞针拉起,挂在扳机立柱上,对准天空,扣动扳机,啪的一声,枪头喷出一团火,空气中充满了火药味。

这一刻,是我们最自豪、最得意、最激动的时候,那种享受,难以想象。

为了让火枪更加逼真,我们还用烧红的铁丝在枪把上烫出一些交叉的斜杠杠，仿佛一把真手枪。更有甚者，干脆在枪把上烫上自己的姓氏，作为特殊标记。

火枪成为一时之时尚，拥有一把称手的火枪是件多么荣耀的事情。不过，没过多长时间，就出现了新式样——铁丝火枪。

毕竟木头枪架看上去笨拙，也不耐用，当看到铁丝枪架后，很快就被这种新样式吸引了，我们立即模仿，用铁丝做枪架，用蓝色塑料皮一圈压一圈缠绕包裹，形成等距离斜条纹路，既美观又结实。随后，枪膛也换了，选用废弃的摩托车链子，六七节即可，也有选十节的，威力更大。拉筋也选用胶轮车的内胎，拉力更大。封堵枪头的火药管，不再用土，而是直接用铁丝。截一些两寸长的铁丝，每次塞一节，轻轻用力磕进去，既是堵头，也是一颗子弹。往枪管里灌些火药，一次要一二十根火柴头，用撞针磨碎，压瓷实，把撞针拉起挂到扳机柱上，对准目标靶子扣动扳机，啪的一声，伴随着一股浓烈的火药味，子弹射进木板靶子，那种感觉，别提有多带劲了。

那时候我们这些贪玩的孩子几乎人人一把火枪，别在腰间，枪把子上系一块红布，有点电影中的武工队员的感觉。我们在一起经常比赛打靶子，排兵布阵时亮一亮火枪助威，骑驴赛跑时一边跑一边呐喊，放枪压阵，打土块仗，更是要开上一枪,以壮声势。

有一次,癞头跟铁子吵架,铁子骂癞头是癞头蛤蟆,癞头气不过,拔出火枪对着铁子家的母鸡开了一枪,那母鸡惨叫一声,一头栽倒在地,扇着翅膀乱扑腾了几下就不动弹了。只见地上流了许多血,那一枪正好打在鸡头上,竟然把母鸡给打死了。铁子吓坏了,吵着要癞头赔,癞头见势不妙,拔腿就跑。当晚,癞头被他爹一顿好打,火枪也被他爹一脚踩扁,踢到垃圾堆里。

也是因为这一次,我们发现了摩托链子火枪的巨大威力。我们开始打麻雀了,还真能打得着。有一次居然打中了电杆上的乌鸦,哇的惨叫一声飞跑了。黑乌鸦叫声聒噪,村里人人讨厌,我们真想把它灭了。可是,那家伙皮糙肉厚,距离又远,没有办法。

我们每天玩火枪,玩得不亦乐乎。而最要命的是火药,虽然那时候一包火柴不过二分钱,可是,我们身上一分钱也没有。只有偷偷使用家里的火柴。家里做饭引火需要火柴,晚上点灯需要火柴,我们偷偷拿去一些打了火枪,家里的火柴没几天就没了,大人很快发现是我们在糟蹋火柴,自然是一顿臭骂。

我们一起放羊的时候,大头经常带上一盒火柴。大头家里富裕，带一盒我们一起玩也不算啥。不过，几个人使用，没打两枪，火柴头就用完了。下次大头就带两盒。没几天就把家里的一大包火柴玩完了。这下可好了，大头妈追着大头打，还把我们几个一起骂了。我们很是生气，骂大头软骨头，出卖我们，以后不跟他一起玩了。

没有火药，火枪就是个摆设。为了得到火药，我们想尽了办法，后来去西河坝捡骨头，到收购站卖几毛钱买上几盒火柴玩。

最好玩的一次，是抓坏蛋。那年夏天，生产队麦场上总有人偷麦捆，队长很生气，说抓到了有奖励，我们心动了。

麦场在河边，那天中午，我们几个吃了午饭就去麦场玩耍。通常情况，队里是不允许孩子们上麦场的，一方面是危险，怕孩子们玩火不小心点着麦场。另一方面，是怕碍事，毕竟麦场上车马多，来来往往，忙忙碌碌，不留心就伤着了谁。中午人少，看场的大爷也没撵我们，我们就在河边溜达。

后来发现黑老瓦的婆娘过来了，我们问她去干啥，她笑着说去上茅房，说着就走进河沟里。这黑婆娘可是够泼的，村里没有几个人敢招惹她。我们远远地躲开了。

正是枯水季节，河里只有一丝水，断断续续地流着。水边布满青苔、水草，有一股鱼腥味儿，水中有小鱼游动，青蛙呱呱地叫着。不远处有一座水坝,是生产队沤草绳要子的地方,社员们头天晚上沤上,第二天早上捞出来刚好,沤时间短了太硬容易断,时间长了也不好用。水坝是一滩死水,沤水时间久了,有一股难闻的味道。

我们一边抓小鱼,一边玩。也不知道过了多久,我们似乎没有再看到黑婆娘。

这黑婆娘去哪儿了?

我们几个正奇怪呢,看守麦场的刘大爷骂开了,说有人又偷麦捆了。

我们围了过去,发现麦垛上果然去了一块。社员们垒麦垛是非常有经验的,一捆压一捆,既稳当不倒塌,也能防雨淋。从麦垛上生生掏出一个麦捆,明眼人一眼就能发现。看那幅场景,刘大爷自然知道不是我们这些孩子干的。刘大爷骂得起劲,我们也来了精神,一个个义愤填膺,跟着刘大爷骂偷麦贼,开始私下里寻找。

这时候有人说,黑婆娘钻进河沟没有出来。是不是她偷的?我们顺着河沟进去,发现有遗落的麦穗,更加坚定了盗贼所在。再往里,是一个土崖,雨水冲刷的深坑,附近被杂草藤蔓覆盖,黑黢黢地不见人影。我感觉里面有动静,拔出火枪大喝一声,但见里面并没有回音,我把枪对准里面,大着胆子扣动扳机。啪的一声，铁丝弹头射进黑洞，伴随着浓浓火药味。只听得里面喊道："不要乱打，我在拉屎。"铁头喊道："偷麦贼，快出来，不然再开一枪。"黑婆娘缩头缩脑地出来，见是我们几个，壮着胆子骂道："你们几个毛球孩，快滚，老娘拉屎你们看啥热闹。"这时候刘大爷过来了，黑婆娘撒起泼来："刘大爷，你看看这几个毛屁孩，我上个茅房，他们瞎捣蛋。"

刘大爷气哼哼地说："黑婆子，你这么大的人了，还干这些事情，丢不丢人。"

黑婆娘笑道："刘大爷，你真会说笑，我真是上茅房。"

刘大爷说："铁头，你进去看看。"

铁头摇了摇头说："里面有屎粑粑，太臭。"

黑婆娘说："刘大爷，连小孩子都知道臭，要不然你自己去看。"

"去你的黑婆子，不嫌臊。"刘大爷一边骂，一边说，"铁头，你进去看，发现麦捆，我让队长给你们个大西瓜。"

我们一听给西瓜，一哄而上，都进去了。黑婆娘见状，趁机溜走。

我们从里面捞出半截麦捆，麦穗大多已经被揉完了。刘大爷提着麦捆回到场上，后来队长果然兑现，给了我们一个西瓜。至于黑婆娘是怎么处理的，就不得而知了。

那件事之后，队上都知道了，家里大人就不再让我们玩火枪了，怕出事。可我们私底下还偷偷摸摸玩。

也不知道是从哪一天开始，我们突然不再带火枪了，火枪被搁置起来，慢慢就成为一种回忆。

许多年以后，读法国作家大仲马的《三个火枪手》，我总想起小时候的火枪，虽然此火枪不是彼火枪，可火枪给我的记忆是那么深，那么亲切。

皮 带 枪

皮带枪，也叫皮筋枪、猴筋枪，城里的孩子叫弹弓。小时候我们一直叫皮带枪，觉得这个名字比弹弓听起来美当、气派。

最早的皮带枪是谁发明的，谁也说不清，也没有人细究过。打我记事起，村里的孩子们就玩皮带枪。听老人们说，是牧羊人发明的，是为了警示头羊不要带着羊群乱跑，尤其驹驴，不安分，哪里高就往哪里跑，哪里险就往哪里跑，只图自己的口福。绵羊们可就麻烦了，跟在它们后面光跑了路，吃不饱肚子，还溜了膘。牧羊人撵来撵去，累得够呛。有了皮带枪就好了，看它乱跑，照着屁股给它一下就老实了。后来我去牧区，发现山上的牧民用的却不是皮带枪，而是用一根毛绳做的抛石器，手握一头甩上几圈一抖手，石子抛出去，很有准头。据说这是远古人类狩猎的武器，后来变成放牧工具了。

其实，皮带枪很简单，一根树杈，两根皮带，一块弹带。

枪叉用天然树杈做成，看上去形状相似，但各不相同。皮带一般用自行车内胎或胶轮车内胎，剪成小指头宽、一尺多长的两根作为拉筋。这是皮带枪的关键部件，皮带枪也是因此得名的。弹带常用熟牛皮剪成两指宽食指长的长条，两头各开一小孔。将一根皮带一头绑在牛皮弹带的一个孔上，一头绑在枪叉上，另一根皮带一头绑在弹带的另一孔上，另一头绑在枪叉的另一叉上，两两相对，距离相等，一把漂亮且很有准头的皮带枪就做成了。捡一块指头蛋大小的石子放在弹带中央，对折，用右手拇指和食指捏紧，左手持枪叉，两手同时用力拉开皮带，对准目标，快速松开右手，石块嗖一声飞出，直达目标。

一般的枪叉容易找到，可是，要得到一把品相俱佳而且结实耐用的枪叉，绝非易事，那需要机遇。平常在树林里玩耍时，在山坡上放羊时，发现哪棵树上有一个漂亮的树杈儿，就欣喜若狂，会毫不犹豫地想得到它。有时候在较高的树枝上，也会不惧危险爬上去，把树枝撇下来，截下树杈，回家用麻绳固定好形状，放在阴凉处晾干了备用。最结实的枪叉，是红兔条做的，一般的兔儿条都很细，且分叉很少，发现一个非常难得。土果树枪叉也不错，不过果树杈不好随便截取，自家的树不敢截，别人家的不让截，而那些枯死的干树枝，形状不佳，不好用。相对来讲，用的比较多的是柳木做的枪叉，易固型，也耐用。

绑扎皮带也是有讲究的,需要两人共同完成。绑扎前,先要将枪叉的两叉上端各削一个小指头宽的浅槽,将皮带一头绕槽一圈贴紧,一人一手抓紧枪叉,一手捏紧皮带头贴紧处,用力拉开,另一人拿麻绳在靠近枪叉处,用力绑扎。松开手,把皮带牢牢固定在枪叉上,依次绑扎。这样绑扎出来的皮带枪,皮带不容易脱落,结实耐用。必须用麻绳,那种细麻丝搓的绳子,一般的棉线绳子容易开线,不牢实。

弹带也很重要,一般用帆布做的。但是,帆布开孔磨损之后容易开线、断裂,不经用。熟牛皮结实耐用,做弹带最合适。但熟牛皮可是精贵东西,不是那么容易得到的。为此,我们曾向臭皮匠讨要过,还遭了臭皮匠一顿臭骂,我们对臭皮匠恨之入骨,大头悄悄摸进他家院子剪了一块糟驴皮,一人做了一个弹带,可是不得劲,也或许没有熟透,没用几天就断了。我们见刘铁匠给他的儿子小石头做的牛皮弹带,非常羡慕,前去讨要,自然没有得到。铁子气不过,偷偷剪了铁匠铺的牛皮围裙,那个做弹带可带劲了。铁子这家伙跟小石头瞎显摆,两个人在赖头家门口比赛,看谁能打中觅食的公鸡,结果铁子一枪子儿打到小母鸡头上,当场毙命。小石头害怕,跑了。这下坏了,铁子偷剪刘家皮裙的事,被刘铁匠告给铁子爹,铁子可惨了，挨了他爹一顿打，我们也跟着挨了骂，晦气极了。

我们打皮带枪，主要是比赛打靶，后来迷上了打麻雀，每每成功，祸害了不少麻雀。尤其冬天，麻雀群落在草垛、树梢上，几个人一起发射，就能收获几只战利品，做成烤麻雀。现在想想，那时候真是有些捣蛋。写下这些文字，心里也是不安。

第六辑 乡村杂记

祖　墓

一

我家的祖墓，实际上就是祖父祖母的合葬墓。这片坟园也只有这座墓，低矮的坟丘，周围是一圈小土围，占地面积不足十个平方米。这就是我家的墓地，也是我家在东城唯一的祖墓。

听父亲说，祖父和祖母是民国时期，即1928年前后从甘肃来新疆的。

我始终在想，九十多年前，我的祖父祖母为什么要离开故土？他们是如何从甘肃到新疆的？父亲说他小时候曾听大人说起，说祖上是在甘肃民勤一个叫谢家碑亭子的地方。后来我通过朋友打听过，那地方名称已改过几次，当地同宗同族的人也不知详细。

民勤是凉州故地，丝绸古道河西走廊重镇，是唐诗中凉州词里提到的那片神秘的地方。明洪武年间置镇番卫，清雍正年间改为镇番县，民国十七年（1928）改为民勤县，取"俗朴风醇，人民勤劳"之意。

据族谱记载，民勤谢氏是明朝洪武初年从浙江山阴迁来的。这个记载与史料基本相符。洪武三年（1370），朱元璋派信国公徐达为征北将军，之后几年间，朝廷从山西、河南、江浙等地迁移5000余人口到山西大槐树集中，然后再迁移到镇番卫屯田戍边，我祖上就是那个时期迁至民勤的。平常时候，人们说的祖上在大槐树，典故就出在这里。

浙江谢氏多为谢安后裔，有一个重要的历史原因，就是谢安在中国人文历史上影响巨大，他是东晋的续命者，稳定了朝廷政局，他的经典之作，就是"淝水之战"，他从容淡定指挥东晋8万士卒打败了前秦号称的百万大军，创造了中国历史上以少胜多的经典战例，留下"东山再起""风声鹤唳""草木皆兵"等成语。另外，他"东山挟妓"的儒雅之风和"谈笑靖胡沙"的雍容气度，也是一段历史佳话，成为李白、苏东坡们向往的魏晋风流。

据史料记载，历史上的谢安并无直系后裔，他的后代在他的孙子辈已绝嗣。现在所谓的谢安后裔，实际上多是他哥哥谢奕、谢据和弟弟谢石等人的后代。从生物学角度看，所谓的血脉、基因，在漫长的历史长河中已经失去了它本来意义。而我们对文化的认同和继承还在，这才是我们真正的血脉。

民勤县地处甘肃中西部的石羊河流域下游，西面是巴丹吉林沙漠，东面是腾格里沙漠，两大沙漠从东西两面合围，在民勤大地上"握手"了。

两座大沙漠，它们"握手"了，多么亲热啊！可是，两大沙漠的友好拥抱，却给民勤带来灭顶之灾，干旱、缺水、土地沙漠化问题，严重威胁着人们的生存。几十年来，巴丹吉林和腾格里沙漠无情地吞没着民勤，我祖父祖母也是被沙漠逐出故土的吗？

十多年前，一次偶然机会，我顺道去了一趟民勤，匆匆忙忙见了几个宗亲，他们中有参与民勤《谢氏宗谱》修撰的建新、彦德、茂德等同辈兄弟，也有主要起草人树仁等晚辈，大家对我这个从远处赶来认祖归宗的谢氏后人非常亲热，热情招待，让我倍感血脉亲情之温暖。与我血缘最近的成德，是祖父亲堂弟的孙子，算是五服之内的兄弟。族谱上记载，我曾祖父以上四代单传。成德带我去了墓地，居然见到了曾祖父以上五代先祖的坟墓，与族谱记载完全一致，非常难得。

坟地处在一片地势较高的沙包地带，光秃秃的沙丘上，零零星星有几丛沙漠荒草，骆驼刺、铃铛刺，还有一些叫不上名字的野草，就像我不知道此处长眠的先祖的模样一样。它们春天发芽，秋天枯黄，年年岁岁陪伴着我的先祖，似乎它们也让我倍感亲切。

真的难得啊！这么多年了，许多事情已经物是人非，先祖的墓地居然保存了下来，非常不易。真为我祖上庆幸，为他们骄傲，也向族人的细心呵护致敬。族兄跟我说，多年前这里发过一次洪水，许多地方都被淹没了，这片墓地却安然无恙。难道是冥冥中的神灵护佑，或许，这是对谢氏高祖积德行善的馈赠。

在民勤逗留的短短一天里，我尽力四处看看，看看祖先的生存之地，地形地貌、古城古迹、乡村风物。在政府工作的彦德哥，看到《民勤县志》，匆匆翻阅了一阵，对民勤的人文历史有了更多的了解，尤其是民国时期的事情。

民勤是我国四大沙尘暴发源地之一，土地荒漠化面积占民勤总面积的94%，荒漠以每年三至四米的速度向绿洲逼近。还有一份报道，说为阻拦两大沙漠的进程，几年来国家和地方启动了应急项目，建设通往民勤的专用输水渠和节水改造及配套工程，遏制石羊河流域的生态环境继续恶化。

后来，有幸读了彦德哥转来他岳父焦熙生先生的长篇小说《决战黄沙》书稿，对民勤的近现代史有了更多的了解。这部四十余万字的书稿，语言生动，人物鲜活，称它是一部民勤人民几十年来防沙治沙的英雄史诗也不为过。彦德哥跟我说,他岳父焦先生是个文人,一直在文化部门工作,退休多年坚持创作,《决战黄沙》花费了他许多心血。我非常体谅一个退休老人写作的艰辛,希望有机会出版,让更多人了解那段历史。

二

九十多年前,我的祖父祖母就从民勤荒原出发了。事实上,他们从民勤出发的时候,还带着三个年幼的孩子。最大的是个女孩,约七岁,男孩居中,约五岁,还有个小女孩仅三岁。一同上路的,还有同乡的几家人。他们是政府组织的迁移,是避战祸,还是逃荒?具体情况无人知晓。

他们出发了,一队骆驼驮着简单的家什,男人们走路,女人和孩子乘骆驼。他们大约是春天出发的,具体时间已无从知晓,祖父那一代人早已过世,一同带走的,还有我的诸多疑问,它们像西风一样,漫布在广阔的天地间,找不到一点线索。历史真的很残酷,稍纵即逝。你看,时间不足百年,就是我的亲人,我的祖父祖母,历史就在身边,他们的热血还在我身上流淌,可我什么也看不见,这就是历史。

是的,历史是无情的。就好比三千年前,或更早时期的古人,或者几万年、几十万年前原始先民的历史,有的只是考古发掘的遗迹和遗物，我们能复原他们的历史吗？

有学者把广义丝绸之路分为三类：草原丝绸之路、（陆上丝绸之路）绿州丝绸之路和山地丝绸之路。

不知怎么回事，多年来我对丝绸古道始终有浓厚的兴趣，每当阅读有关文章和考古文献资料就很兴奋，古道上时隐时现的阵阵烟尘，艰难跋涉的驼队和行人，那苍凉的背影，就会在我脑中闪现。

九十多年前，我的祖父和祖母就是这样西行的，好像那就是他们的身影，迎着西风，暮霭晨霜，风雨凄凉。

我的祖父和祖母，是沿着什么路线到木垒东城古镇的？

西部荒漠的丝绸古道纵横交错，有学者把古道分为三类：草原丝绸古道、绿洲丝绸古道和山地丝绸古道。

草原丝绸古道，自蒙古高原出发，在新疆境内以北疆阿勒泰地区为核心可分为哈巴河道、火烧山道、米泉道、额尔齐斯道、乌伦古道。其中额尔齐斯道和乌伦古道均是从蒙古高原进入哈密，过巴里坤，通过木垒转向阿勒泰或者乌鲁木齐、伊犁方向，再通往西亚和南亚。

绿洲丝绸古道分为塔北道、塔南道、准南道三条干道。其中准南道是从安西、星星峡进入哈密，沿准噶尔盆地南沿缘穿过木垒，经奇台、吉木萨尔、乌鲁木齐、乌苏、精河，出霍城，通往哈萨克斯坦和吉尔吉斯斯坦。

山地丝绸古道又分为天山道、昆山道、祁山道、阴山道、唐山道、秦山道六条干道，其中天山道北支线是从吐鲁番进入乌鲁木齐，再转向伊犁方向。昆山道、祁山道和阴山道都经南疆通往西亚和南亚。唐山道、秦山道是从西安到西宁，分别翻越唐古拉山和秦岭，通西藏、四川、云南方向。

当然，这只是一些学者的观点。然而，承载着贯通中西方经济文化交流，穿越千年时空的丝绸古道，还有诸多未解之谜，需要不断探索研究。

从哈密到木垒，有三条丝绸古道在此重合，也就是说，几百年前，这是一条重要的商道。可以想象，来自中国北方的游牧民族和南方的农耕民族，和非洲、欧洲及南亚、中亚、西亚的商队，驮着金银、珠宝、丝绸、茶叶等各色货物，行色匆匆行进在古道上，岁月更迭，西风吹打在他们身上的尘埃和他们疲惫的身影，在古道上留下了苍茫岁月的痕迹。

据史料记载，成吉思汗西征大军的一部也是从这条古道入阿勒泰攻打乃蛮部落，然后进入俄罗斯大草原。蒙古大军曾在木垒驻扎。

在兵荒马乱的民国时期，我的祖父和祖母就从民勤出发了，像传说中一样走出家园，沿绿洲丝绸古道出民勤，过武威，一路西行。到了嘉峪关，他们一定回头望了一眼古城墙，苍凉的泪水洒在甘肃大地上。他们回望故园之后，又继续上路了，一路西行，出甘肃，入新疆。他们沿丝绸古道，走出哈密盆地，穿过巴里坤草原，进入木垒地界。他们从巴丹吉林和腾格里沙漠交汇的民勤，千里跋涉，来到将军戈壁边缘的东城古镇，他们从故乡来到异乡，从荒原走向荒原。他们身上披着甘肃的泥土，现在又落上新疆的风沙，他们卸下身上的行李，却没能卸下内心的荒凉，他们心中的故乡风土和异域风沙，和他们一起在东城这块土地上定居了。

有时候想一想，其实历史并不遥远，现在，我们依然在丝绸古道上行走。自20世纪中叶以来，沿着千年古道，修筑了铁路、公路，纵横交错的丝绸古道又成为横跨东西和通衢南北，连接城市、乡村的铁路线、公路网。我们依然踏着千年古人的脚印行进，尽管乘运工具由驼队、马车更换为汽车、火车，但大地的承载没有变，古道的轮廓没有变。古道承载着古人，也承载着我们；西风吹着我们，也吹着远去的古人。

是的，我的祖父祖母就是从这条古道，从甘肃到新疆，从民勤到木垒，最后在东城古镇定居了。去年十一期间，我回到木垒，到博斯坦、白杨河旅游，路过一碗泉烽火台遗址，在半月似的一碗泉水坝旁驻足良久，突然想起我的祖父祖母，他们进木垒之前，一定在这里停顿过，后来写了一首诗《一碗泉》，以为纪念。

三

东城古镇在将军戈壁边缘，自然环境可能比民勤故里好不了多少，但我的祖父祖母，他们生存下来了。他们先是给当地的地主做佃户，后来垦荒种地，解放初家里还有几十亩土地，勉强生存。他们从兵荒马乱的年月匆匆走出来，进入新中国，经历了互助组、合作社，新中国新鲜的阳光刚刚照耀在他们脸上，他们却离去了。

那是1955年，先是祖母，得了阑尾炎，前后十多天就去世了。这么个小病就夺走了祖母的生命，现在当然无法想象。那年祖母五十四岁，父亲十七岁。也是那年，父亲和母亲结了婚，大约过了半年，身有残疾的祖父也去世了。祖父祖母合葬在一起，在他们自己开垦的土地上长眠了。

祖父和祖母共生了九个子女，他们从故乡民勤带来的一儿两女，到新疆后有两个先后夭折，只有一个女儿活了下来，即我的大姑母，她八十多岁时我还见过一次，身体挺硬朗。从祖父那一代算起，我家在新疆已经五代人了。

父亲说，祖母非常能干，样样农活都在行。因为祖父有残疾，实际上一家的重担就挑在祖母身上，她在合作社时期还是全县的劳动模范，我小时候还看到过她那枚带有毛主席头像的勋章。祖母姓卢，其他信息一无所知。

小时候，每年清明和七月十五，父亲总带我们去祭祖，在祖父祖母的墓前烧纸钱，向坟丘添上新土，从我记事起就一直这样。有时候秋天去荒原上放羊，我就在祖父祖母的坟墓旁边的山梁上坐上一会。墓地非常安静，低矮的坟丘下住着我的祖父祖母，我根本不知道他们是什么模样，非常奇怪的是总感觉他们慈祥地看着我。我想这种感觉是从我与他们血脉相连中产生的。

非常可惜，我们家兄弟姐妹都没有见到过祖父祖母，在人类的感情传承和延续上就少了一层。儿子出生以后，每次回父母家都带上儿子，好让他跟爷爷奶奶多待两天，想让自己的缺憾在孩子身上得到弥补。

父母准备搬进城的那年，父亲与我小叔一起做了一个简单的墓碑，立在祖父祖母墓前。父母进城后，父亲每年都要回一趟东城，或清明或七月十五，去墓地祭奠他的父母、我的祖父祖母。

2003年秋天，我回木垒参加同学聚会，也是工作以后第一次回木垒。我带着儿子跟父亲上了一次祖墓。普通的墓碑，低矮的坟丘，没什么太大变化。我对孩子说，这是爸爸的爷爷和奶奶的合葬墓。七岁的儿子问我，为啥要将他们留在这里，不搬到城里？

哦，我一时无语。这是他们生存的土地。他们来自自然，将来会融入这片土地，被岁月覆盖。其实，我们又何尝不是这样呢？

现在的我们一样是走出故乡，在城市中奔波，故乡只是一个遥远村庄的记忆，或许仅仅是一个地理名词，或许将来连一个能够确定的地理名词也不存在了，慢慢地消逝了，那又如何呢？然而，岁月并不在乎我们的感受，它只会按照自己的方向前进，只会按照自己的方式前进，岁月不可阻挡。

四

一段时间来，我时常想起我家的祖墓。现在社会上，一些人有了身份地位，有了财产积累，大兴土木，修建豪华墓地。有的给前几代人修整墓园，有的给自己，甚至给儿子、孙子都置办了墓地。据报道，南方有的地方在山清水秀的山林违规开发豪华墓园，有的一块墓地卖到几十万、几百万，甚至上千万元。

墓葬是中华民族的风俗，修墓、祭祖是一种古老的习俗和文化传统。在人类漫长的历史发展过程中，在奴隶社会和封建社会，由于等级观念、礼教及经济等原因，墓葬也形成了一种严格的等级制度，帝王、诸侯、将相、富贵显达、贫民百姓，各有规制，等级森严。帝王贵胄在世间追求地位，贪求奢靡，希望在另一个世界也一样雍容富贵，享受豪华生活。一些人出将入相获得地位，为光宗耀祖，大兴土木，在那个时代已不算大事，这是历史文明的局限性。

面对千年岁月，我们这个时代需要什么样的文化精神？

西风苍茫，文明厚重。

是的，文明，文明不是一个简单的名称所能够承载的。如果现代科技进步仅仅改变了人们的生活方式，如果现代科学文化仅仅装饰了人们的衣食住行，那么，现代文明深入人类心灵之路还很漫长。

路漫漫其修远兮，谁在上下而求索？

正如千年古道，虽然现在我们用汽车、火车这些现代的交通工具替代了驼队、马车，但我们依然在古道的痕迹上行进，我们真的走出历史了？

对于陈旧落后的蒙昧意识，一些有识之士发表了积极言论，一些地方也进行了治理，但要彻底改变和根除这些旧文化的阴影，或许需要几代人的努力，需要时光的洗礼和世人心灵的净化。

西风苍茫,我的祖父祖母在东城大地上安息,旷野之风吹着他们的世界,也吹着我们的世界。在不久的将来,他们会像历史的尘埃一样融入大地,融入西风,融入千年岁月。他们长眠在丝绸古道旁,他们的灵魂将沿着千年古道回到故乡,他们的心灵将与他们的后人相通,在他们也或是我们感觉的某个时刻。

他们微笑着,天空碧蓝,大地苍茫而温暖。

乡 村 狼 事

一

第一次与狼遭遇,是许多年前,那年我七八岁。

那天早上,风和日丽,我和几个小玩伴一同去放羊。我家和铁子家都是放绵羊,黑子家有一只母驹驴刚生了两只小驹驴。当地人把山羊叫驹驴,或许是因为山羊叫声怪戾,非常刺耳。那只母驹驴浑身雪白,眼睛珠子血红血红的,着实有些吓人,下巴颏儿下长两个毛茸茸的吊蛋蛋,很是奇怪。两只小驹驴也很怪,一只白色的,另一只棕红色的,蹦蹦跳跳,非常调皮,也非常可爱。

羊群在西河坝南面的坡地上吃着草,两只小驹驴在羊群里蹦蹦跳跳玩耍。后来不知怎么回事,我突然发现所有的羊都定住了,昂着脖子端直眼睛向山坡上张望,两只小驹驴也奇怪地安静下来。

那是阳光明媚的四月天,位于东天山下的古老村庄,春天刚刚开始，满山遍野的青草散发出新鲜诱人的气息。河谷两岸的坡地，包括平缓的山沟都种植了庄稼，只有土狼沟那边没有开垦，青草旺盛。

土狼沟，青面獠牙的土狼，这个名字听起来就有点瘆人，也不知道谁起了这么个怪兮兮的名字，也不知道流传了多久，就这么被人们叫着。

土狼沟宽阔的沟口正对着东城河谷，自北向南曲曲折折向天山深处而去。这条山沟到底有多长，有多深，有多少拐弯，无人知晓。远远望去，纵深的沟壑像一条巨蟒，在天地间蜿蜒而行。而长年被雨水冲刷形成的怪异的沟口，杂草丛生，断口处是一道褶皱的紫色峭崖，峭崖上裸露着许多的刺藤，刺藤下纵横缠绕着蛛网，蛛网下隐秘着洞穴。那些神秘的洞穴，或大或小，或深或浅，莫可名状，仿佛蛮荒时代的古老遗存，说不定藏着远古时代的什么秘密。那些幽深的洞穴，风一吹就发出阵阵怪异的声音，阴森恐怖，像天外的巨兽张着血盆大口，对着东城河咆哮……

然而，越是神秘的事，孩子们就越是好奇，这是他们的天性。大白天，我们几个孩子会一起钻进去，探个究竟，经常是小心谨慎地进去，灰头土脸地出来，所有的好奇心瞬间化作乌有，甚至沮丧和失望。

不过也有例外，偶尔会发现洞洞相连的长洞，要是遇上下雨天，我们会在下面避雨，沟谷里汇集的雨水从土崖垭口冲刷而行，形成一道道土黄色的水幕，活像花果山的水帘洞，这是我们最享受的，也是最满足的。

有一次确实让我们惊恐不已，至今想起都有些毛骨悚然。那是一个曲里拐弯的长洞，我们摸黑前行。那是一个大热天，太阳像一盆熊熊燃烧的火炭，炙得人直冒汗。洞里却是凉飕飕的，非常舒服。洞里高低不平，光线很暗，我们一个跟着一个小心翼翼地往前走。后来，黑子擦亮了火柴，居然发现头顶有一节棺材露出来。

"啊！棺材！！"

黑子一声惊呼，众人魂飞魄散，慌忙转身就往外跑……

土狼沟离村子很近，距我家也就两三里。每当春天，南山阴坡阳坡经年累月的冰雪消融暴发的洪水直冲而下，将沟沟壑壑里的树枝木材，甚至一些隐藏的东西也一股脑儿带下来。夏天暴雨之后突发的山洪拖泥带沙，沿着沟谷横冲直闯，也会冲下来许多山野沟谷里的杂物。在深沟低洼处，我们总能发现一些从深山里冲下来的动物骨头。那时候，山村的生活条件很差，我们经常在山沟里捡些骨头卖给收购站，换几支铅笔或作业本。

我们捡到的有牛骨、马骨、骆驼骨头，那都能卖上好价钱。也有一些奇形怪状叫不上名字的兽骨，因为风雨侵蚀有些破败，收购站一般不要。也有捡到长牙做玩具的。那长牙阴森森的，据说是野猪獠牙，小孩子都比较好奇。偶尔也发现过人的骨头，有些瘆人，也让人不可思议。

黑子到底有没有看清棺材，我们谁也不敢去证实。但是，河谷南岸坡地上确确实实有一些大大小小的土丘，像是遥远时代的荒坟野冢。听老人们说，古镇这块地界历史很久远，许多年前就有人在此耕种生息。河东岸的四道沟坡梁上就发现了远古人类的墓葬，这件事古镇上人尽皆知。虽然没有人敢去证实黑子的发现，但我们对此深信不疑。那肯定是棺材。棺材可是不祥的，那里面有鬼魂，要是被鬼魂缠了身，那可是相当可怕的事情。

村里曾经发生过这样的事情，说是黄老五家的后院里就出过鬼。奎子和他爹在后院里翻地，挖到一座坟墓，他爹说，把骨头装进麻袋拉到河边埋了。奎子嫌麻烦，把棺材板和烂骨头撂到蹦蹦车上，一股脑儿倒进河谷，让洪水冲走了。他爹也没太在意。谁知几年后，奎子病倒了，最初说是着凉，发发汗就好了，也没认真治。后来病重了，赶着毛驴车去古城子医院检查，说是败血症。那个年代的乡村，这个病无疑就是绝症。他爹只好把他拉回来在家里养。

后来也不知道是谁出的主意，他爹从半截沟请了个道士。那道士前来，画符做法，鼓弄一番，说是他打扰了鬼魂，就在他家后院，说得真真切切的，是一个头戴发髻的老太太，不肯饶过他。道士让他爹带着奎子去河谷烧纸请罪。道士说，你心诚了，那老太太原谅了，人就有得救。否则，神仙也无能为力。他爹她娘哭哑了嗓子，奎子最终不治。

后来人们常常说的不是奎子，而是那神叨叨的道士。那道士是半截沟的，离古镇一百多里，天南地北的，他怎么会知道几年前发生在他家后院的事情，而且还知道得那么详细，让人不可思议。更不可思议的是，他还知道另一个细节，他说奎子把棺材和尸骨倒进河谷，还往河里撒了一泡尿。这事奎子可没跟任何人说过，就连他爹也不知道。

那道士是怎么知道的？难道他真有通灵之术！这件事一直让我好奇，最终也没有答案。

二

就在发现羊群异样的同时，我们发现山坡上有一怪物。

只见那怪物，双耳直立，浑身青灰色，两眼闪射灰绿色的凶光，甚是骇人。那家伙站在山坡上，离我们也就五六十米，看上去个头跟黑子家的黑狗一般大小，但精悍凶残。我们看着它，它看着我们，谁也没有动。显然，外表安静的羊群内心十分惶恐，似乎能听见那紧张的羊儿身体里扑腾扑腾的心跳声。羊群里几只大胆的羯羊抬起前蹄，重重地跺地，发出清脆的震响，意在震慑敌人。可那邪物岿然不动。

不知是谁喊出了声："妈呀，狼！"

闻听此言，我们一个个吓得魂飞魄散，撒腿就跑。我们飞快地下了山坡，沿着河谷往家的方向一路猛跑，山羊绵羊一溜风跟在我们身后，反倒成了我们的护卫队。

我们一直跑到村口停下来，转过头。羊群也停了下来，回头张望，紧张地喘着粗气。这时我们发现，身后除了一股飞扬的尘土，啥也没有了，那狼早消失得无影无踪了。

哦，狼没有追上我们。

大家才从惊恐中解脱出来，终于松了口气，开始清点羊只。我家的大小七只羊均在，铁子家的五只羊也在，只有黑子家的三只驹驴没了。

黑子吓坏了，以为他家的驹驴被狼吃了。我们心里也有些忐忑，疑虑那三只驹驴去了哪里？

此时，黑子担心得几乎哭了，央求我们一起去寻找，我们大着胆子往回走。黑子一边走，一边拉着哭腔："驹——

驹——"

走到土狼沟附近,我突然想起了什么,爬上土崖,看到一个被雨水长期冲刷出的深洞,好像听到里面有动静。黑子叫了一声:"驹——"洞里传来母驹驴的一声回应,紧接着,小驹驴也叫了。原来,这娘仨于慌忙之中掉进洞里,真是有趣。

黑子下到洞里,从洞里再往下就进入河谷了。黑子带着三只驹驴从河谷走了出来,大家赶着羊一起回村,各自回了家。

三

这是我第一次与狼对视。

在古镇南面的荒原上,三个小孩子,在不足百米远的地方,就这样跟一头青狼面对面。尽管没发生什么,但这次经历,直到后来想起来也觉得后怕。

后来好长时间,我一直怀疑那次遭遇的是否真的是头狼,是否看错了,只是一条狗。我曾跟大人们说起此事,有人说八成看错了,是条青狗。也有人说,土狼沟纵深处确实有一头青灰色的狼出没。不过,之前一直未发生过狼伤害人的事。

在村里,曾发生过狐狸和黄鼠狼偷吃人家鸡的事情。而狼袭击羊的事情,就在那年夏天发生了。

一天晚上,一头狼袭击了村里的羊圈。羊圈围墙是夯土砌筑的，有两米多高，圈门口有两条狗守卫，狼是怎么进去的？

那天晚上，狼光顾了羊圈，守门狗肯定激烈地叫了，但没有人听见。狼见四下无人，胆子就更大了，先是想翻墙而入，连续跳了几次，终没能越过。后来它在围墙下挖了个洞，钻进了羊圈，咬伤两只瘦羊，将一只母羊的内脏吃得精光。

据说，狼是先咬住羊脖子，吸了血。羊死后，它从后面下口的，吃了羊的内脏和部分精肉，欣然离去。

早晨，牧羊人赶来时，两条狗叫着，神色慌张，一脸疲惫。牧羊人发现了围墙上的爪痕，知道情况不妙。进去就看到了惨状，羊群依然缩在墙角，大气不敢出。

牧羊人后来说，狼来的时候，两条狗被吓傻了，没出一声，羊群被吓坏了，狼很轻松就吃到了羊……

这两条蔫狗，居然没敢叫一声。大约那头狼来到圈门口，它不会开门，不得已才爬墙挖洞的。有人这么说。

后来，这两条狗就成了人们发泄的对象。先是被牧羊人辱骂、毒打，而后遭全村人的冷眼，成了全村男女老少都看不起的蔫货，就连村里最善良的赵奶奶听了，也说狗的不是。再后来，这两条狗就被赶出护羊队伍，成了流浪狗。

这两条孬狗被逐出羊群后，每天好吃好喝的日子就结束了，无家可归。它们先是结伴流浪，村里所有的狗都讨厌它们，无论公狗母狗，见了就扑上去咬一口。有时一条狗叫了，一群狗追上去一起咬。而那两条狗呢，只是凄惨地哀号，夹着尾巴逃窜，不敢还手。别说那些大狗，就是一只小狗追过去，它们也不敢还手，它们已经丧失了那份勇气。它们经常被村里的狗追来撵去，常常被打得头破血流，一瘸一拐，连走路都困难。就算这样，村里依然没有一个人同情它们，也没有一个人可怜它们。

后来，它们逃到了村郊野外，夜里哀号不止。有时候，人们还能听它们的哀号声，甚是凄凉。偶尔，村里人听了也觉得可怜，慢慢地又觉得可恶，很快又觉得可恨起来。

"呸，这两条丧家狗又叫什么丧！" 人们听到了就骂一句。尤其那些上了岁数的老人，最忌讳听到夜里狗的哭叫声，通常情况下，狗的哭声是祸事的先兆，要么死人了，要么其他灾祸要发生。要是村里谁家的狗夜里号哭了，定会叫年轻人去教训一顿。现在，这两条野狗离得远，也管不上，人们骂一骂也就算了。

再后来，干脆不见了它们的影子，连哀哀怯怯的叫声也没了，八成饿死在荒郊野外了。

四

我对那起惨案记忆犹新。那个夜晚，潜入羊圈的狼，是春天我在土狼沟遭遇的那头青灰色的狼吗?

在羊圈洞口,人们发现了几根青灰色的狼毛,大约是它。不,应该就是它。

村里人说,这狼大约是头母狼,实在是饿乏了,都跳不过墙了。小狼崽们在窝里嗷嗷待哺,为了幼崽,母狼才冒险入村,做下坏事。似乎村里人对青狼做下的这件坏事并没有太多怪罪,倒是奇思妙想、搜肠刮肚地找出一大堆理由为它开脱。最后反而把矛头集中在两条看守的狗身上,使劲数落狗的不是——不尽职、胆怯、懦弱、无能。致使两个平日里趾高气扬,披一身守卫者行头,冠以牧羊犬名号,受牧羊人呵护、受众狗羡慕、受众人尊敬和爱戴的家伙,一夜之间威风扫地,成了倒霉蛋,沦落为丧家犬,成了人们的出气筒,成了全村泄愤的对象。以致它们不得不悲惨离去,最终暴尸荒野。

一头狼,一夜之间轻易改变了两条狗的命运。狼成了真理的检验者。幸亏狼及时出现,揭穿了两个道貌岸然的家伙虚伪的面纱,暴露出它们装腔作势的本来面目。否则,不知它们又要伪装多长时间,白吃掉多少好食物,欺骗多少人寄予的爱戴的眼光和无数善良的心。幸亏这头狼,这头高大的、威严的、正直的狼。它知道这两个软蛋是没用的东西,也懒得动手,甚至连看一眼都没有,自顾自地干自己的事。它吃饱了肚子就去喂小狼了。

而两条狗呢，大约担心了一夜，它们知道当时的危险性。要是把狼惹恼怒了会先吃掉它们，所以它们悄悄的，干脆装作没看见，任凭狼去干什么。狼进了羊圈，它们心里清楚发生了什么，它们更清楚将要面对什么，它们肯定难受了一夜，心里也折腾了一夜。

天亮了，狼走了，牧羊人来了，此刻，狗知道该干什么了，远远看到牧羊人就叫了。两条狗争先恐后地向牧羊人狂吠，似报告情况。牧羊人走近了，它们的叫声更大，情绪更加高涨，显得非常激动。它们想极力说明情况的严重性，甚至做出要挣脱绳链去搏斗的架势，以证明它们的忠诚勇敢和尽职尽责的职业精神。

最终，它们的表演没有起到效果。先是牧羊人痛骂它们，骂它们蔫货、孬种。后来，全村人都斥责它们，唾弃它们，最终将它们抛弃，连看它们一眼都觉得可耻了，更别说吃它们的肉了。

多年来我始终在想：狼到底是一个什么样的物种？它不代表真理，却成了真理的检验者；它不代表正义，却让人们明白了些什么；它不是英雄，却让我们看到了些什么；它不代表法律，却维护了些什么……

狼到底代表什么，又维护了些什么呢？

三十多年前的那个夜晚，村里的羊圈里到底发生了什么？狗与狼是否有过对峙？或者，两条狗一起骂过狼，发出了警告。但狼对它们很是蔑视，压根儿没有把它们放在眼里，只是苦于不会打开人类的门锁才发挥自己的特长挖墙打洞的。

后来我想，这件事或许另有隐情。或许，这件事本来就不是这样的。人们也怕狼，为了虚荣心，掩盖内心真实，故意装作一本正经敢于面对危险的样子，才这样对待这两条狗的。而狗呢，当时确实付出了努力。但是，人类的绳索太紧，太牢实了，它们无法挣脱。它们喊哑了嗓子，人们装作没听见。狼有恃无恐，大摇大摆地进了羊圈。

但是，这个观点人们肯定是不会接受的，因为人类的自尊心远大于狗的自尊心。人类是高智商的，人类的智慧远高于狗。人类的虚荣心致使人类会戴面具，会适时掩饰内心的慌乱和虚弱，说谎编瞎话，脸不红，心不跳，不露一点神色。一旦事情过后，又会大言不惭起来。

而狗就不同了，它们学不会人的掩饰行为，装不出人的复杂表情。就算它们想申辩也说不清了，谁会相信狗话。人类始终这么说。于是，狗感到冤枉，甚至委屈，慑于人类至高无上的权威，它们有什么办法，只能悲愤离去。

五

然而，我的这些推理或假设是否有道理？是否符合当时的实际情况？

我越想越觉得混乱。我觉得，作为人类，因为狼而为狗去想一件事情真的太困难，用人类的知识、行为、规则是不行的。不得已，我对狗的历史进行了一些考证。

我惊奇地发现，狗几乎是人类最早豢养的家畜。

从生物学知识出发，我们知道狗是狼的后代。

狗是如何走近人类的？人类，这个自然界最聪明睿智的物种，为什么要选择狼的后代呢？

要搞清这个问题，必须去追问几万年前，甚至几十万年前我们的祖先。可是，时光无法轮回，这已经不可能了。

千万年前，我们人类的祖先不像现在的我们有许多世俗规则。那时候的他们注重的是物的自然属性，物竞天择。

谈到狗，这里除掉两个特殊情况，就是藏獒和警犬。据说藏獒可以轻松咬死一头狼，不过大部分狗不行。人类精心培育的警犬能分辨数百种气味，可以帮人类破案，普通狗肯定不行。

在狗的身上，既有狼的体魄和勇敢，又有其聪明和机警。最初的狗无疑是最棒的、最优秀的。人类或许首先发现了这一点，费尽周折想驯服它们。

起初，狗很顽强，一味抵抗和拒绝，这是它们身上的狼性使然。后来它们忍受不了残酷的折磨，来自饥饿和身心的摧残。渐渐地，它们开始慢慢屈服和配合。在与人类长期的接触中，它们发现了这样一个事实：其实，人类最需要的，是它们表现出的忠心，其他才能是无关大局的。

由于狗致力于"忠诚"的钻营，荒废了狼父狼母遗传在它们身上的优势，也缺乏必须的锻炼。狗身体上的"狼性"逐渐丧失，时间久了，只剩下狗性，已经没有了狼性桀骜不驯的影子了。

许多年来，狗也就这样慢慢变得离不开人类，成了狼看不起的一种怪物。后来呢，人类虽然也离不开狗，但也慢慢看不起狗了，并且制造出一系列贬义的词语。我甚至怀疑连狗也有些看不起自己了。

现在，狗能不能看懂自己，我不清楚。我怀疑现在人类也看不懂狗了，看不懂这群他们豢养了多年的狗。人类开始了新的探寻，对狗进行不断地筛选培育，制造出了众多品种，壮的如熊，小的如鼠，五花八门。

然而，不管狗的身材多么强壮，多么机灵，它们依然是狗；无论它们的毛发多么柔顺，毛色多么明亮，名字取得多么好听，它们依然是狗。千百年来，狗的模样没有变，内心深处的狗性没有变。这是无法改变的事实。

现在想想，三十多年前那个夜晚，村里看守羊圈的两条狗是被狼吓住了，这不怪它们。而它们被人们抛弃了，不知是不是悲剧？是一种什么样的悲哀呢？

六

现在，狼的情况如何？

我曾在公园、动物园等场所看到过来自世界各地的狼，我看它们都不像狼。在我的阅读中，有几篇关于狼的文章。最早的一篇是20世纪初英国作家杰克·伦敦的《热爱生命》，通过讲述人与狼搏斗的故事来展示人性的顽强与伟大。前些年有个叫姜戎的作家写了一部《狼图腾》，讲述了狼的生活习性和以狼为图腾的游牧文化及精神。最近，新疆作家王族写了一部长篇小说《狼苍穹》，讲述了特殊年代阿勒泰草原上人与狼的生存冲突及从而引发的对文明的思考。北京诗人李志强有一篇短文《京城的狗》，说城里的狗都有户口。现在大多数狗们的任务也不再是看家护院，而只是陪伴人。

我不知道现在地球上狼有多少头。我推测世界上狗的数量，约有一亿条以上。因为人的生存空间大于狼，地球上狼的数量肯定是少于狗的。其实，我说这些是没有意义的，但我想起另一件事。

也是在东城古镇时，就在狼袭击羊圈的那年冬天，大雪封山，厚厚的积雪几乎把山谷填平了。狼开始下山了，袭击了村里的牲口。村里组织民兵成立了打狼队，进行了几次围剿，打死打伤若干。几年后，有人在獠牙沟的低洼处发现一具尸骨，骷髅状，皮毛全无，面目全非，已很难辨认是狼是狗了。我心里很矛盾，一方面希望是那头狼，另一方面又不希望是它。到底是不是它，一直没有个结论。

关于狼，关于村庄对狼的恐惧，仿佛随着它的身影的消逝而消除了。不过草原上的牧民对狼的态度很特别，他们一般是不打狼的，也不像我们传说得那么害怕狼。他们说，狼是有灵性的，一般不会主动攻击人。他们说有狼的地方，羊不会得"勺病"。这种病，学名叫"羊癫疯"。羊得了这病，脑子里长了虫，发作起来就转圈圈，过不了多久就死了。我的记忆清晰起来，自从那年之后，村里好像再也没出现过狼，直到那具尸骨的出现。但村里的羊确实开始得"勺病"了。虽然村里的羊在得"勺病"，但没有人愿意请狼过来帮忙。村里的羊就这样死了不少。

后来我发现，村庄虽然没有了狼的骚扰，而人们心里的隐忧依然存在。在往后的几十年里，我越来越深切地感知到，这种隐忧，不但存在于古镇，我走出古镇之后到过的许多城市，在许多人群里，这种隐忧依然存在。我甚至感觉到整个世界都在忧郁。并且，这种隐忧还在弥漫，在人群中不断渗透，不断侵蚀，像一团蒙在人们内心深处的迷雾，无法驱散。它像黑夜一样不断地弥漫、渗透，侵蚀着我们的空间，让人感到疑惑、忧郁、烦恼、恐惧、危机……

七

我想起那些得了"勺病"的羊和它们的结局。

多年来，我总喜欢对着夜空发呆。我一直在想，长期以来停留在人类眼中的那一团黑雾般的疑惑，到底是什么？是天空中沉甸甸的乌云，还是昼夜穿梭的岁月之风；是人类内心的忧思，是漫漫长夜中狼的背影，还是人类身边这些狗的影子……

在某个夜晚，我又梦到了一头狼，就是三十多年前的春天，我在古镇土狼沟遭遇的那头狼。三十多年了，它青灰色的毛发依然闪烁着光泽。它两只眼睛射出明亮的光线，像月光一样深郁，像宝石一样闪耀。梦中，它跟三十多年前一样的健壮，一样的精神抖擞，壮心不已。它两耳直立，直立荒原，在苍茫的世界上与我正面相对。它那灰绿色的眼睛像一道射线，居高临下，与我对视。

我想，三十多年前，我只是个七八岁的儿童，我是怕狼的，这不奇怪。羊怕狼是自身遗传的。就像黑子家那两只小山羊，一只浑身白得像雪，一只披着棕红色绸缎，多可爱呀！那天，大羊惊恐万状可以理解，而它们来到世上才几天呀，它们并不知道狼，甚至还来不及听说就与狼遭遇了。它们内心的恐惧一定是来自母体的遗传。

而人呢？人怕狼却不是遗传的。小孩子怕狼是因为打小听了许多关于狼的可怕传说，那是人类不可知的恐惧心理和说教影响的结果。

可三十多年后，我已经是个健壮的男子汉。我拥有战士一样魁梧的身材，还读了许多书。我读的书是它体重的几十倍，甚至上百倍。天文、地理、文学、哲学、艺术等等，虽然不很系统，但十分广博。我甚至知道狼的历史、分布、生存习性等许多知识。我想，在丰富的知识和强大的智慧面前，在人类伟大的自信和丰富的经验面前，我以为我是不怕狼的。

总之，实际上我所想的这些都是人类的东西，对于狼，并没有多少用处。狼也不需要这些，它跟三十多年前一样端直眼睛看着我，凝神静气如我，我们就这样对视着。狼似乎也在心里想，这几十年来，人类社会到底发生了什么变化。

狼到底在想什么？我不清楚。而我，从它眼中，慢慢感觉到了一些什么。仿佛狼在告诉我：它是一头狼，不是一条狗。它是现实的，不是传说的。

其实狗也是现实的。人类可以用自己的认知调教狗，改造狗，却无法改造狼。因为狗是人类的，而狼属于荒野……

狼遵循的是大自然的生存法则。狗有自己的规则吗？狼有狼道，人有人道，都属于天道。我一直不明白狗遵循的是一种什么道，它们真的有所谓的狗道吗？而狗与人相伴，它们的狗道真会影响人道吗？

八

想起多年前我曾经写过一篇短文《狼和狗》，现摘录其中一段：

"……突然一天，天象大变，人类得了怪病，原始森林相继灭绝。人们突然发现，原来是狗在作怪。狗已经构成了人类社会的威胁！这时候，人们又想起了狼，想起这位被冷落多年的狗的父兄。但是，狼已经灭绝了，人们想把狗再训成狼。这个消息被狗听到后，它们愤怒了，它们纷纷亮出獠牙一起向人类扑来……"

现在，我自己也奇怪起来，觉得当时有些错觉。对于狼和狗的判断，对于狼道和狗道问题，我又试着写了下面一段：

"狼强悍，狗忠诚；狼凶残，狗温顺；狼机警，狗机巧；狼多疑，狗少思；狼耿直，狗圆滑；狼真诚，狗虚伪；狼傲气，狗娇气；狼多智，狗少谋。狼遵狼道，在自然生存法则的天空下奔跑；狗遵狗道，在人类行为规则的条框里爬行。狼对着辽阔的天空思考问题，狗看着人类的表情寻找机会……"

我思前想后，觉得这些不无道理，但也没有同真理一样坚实可靠。

我想，天道应该包括人道和自然之道。人有人道，狼有狼道，这是不争的事实。人道和狼道，在天道之下是可以解释的。狼道是狼在大自然中的生存法则；人道不必说，是人类的行为规则。而狗道呢？同属兽道的狗道是什么？狗道与狼道有何区别？是狗道高于狼道，还是狼道高于狗道？这些问题实在太复杂了，实在不好判断。

有一点可以肯定，狗道肯定不是人道，也肯定不是狼道，更不会在人道和狼道之间。狗道实在是跟它们的出身一样尴尬的历史悬疑。这时，我终于明白了狼看不起狗的真实原因。

是的，狼始终看不起这群从它们胯下爬出来的异类。

狼是荒野之灵，人类是万物之灵。现在，这头青狼是否认可呢？它没有回答。大概它承认人类也是大地上的一种灵物。人与狼各有自己的行为规则，也就不存在互相敌视的理由。

冥冥中，我看到一头怪物。对，是一条狗，趴在人和狼之间，离人类近一些，离狼远一些。它在那里颤颤巍巍，瑟瑟发抖。而狼呢，依然傲立荒野，用它那锋利的、冷俊的目光观察着世界。

荒野苍苍，岁月茫茫。

今夜的月光无比灿烂，就像荒原狼眼中闪烁的灰绿色光芒。月明如烛，星火耀眼，一声惊世长啸划破夜空，消失在遥远的星河……

古 镇 鸽 事

"窃书不算偷",是鲁迅先生笔下的孔乙己为自己偷书行为歪理式的辩解。"偷鸽子不算盗",是小时候古镇上玩鸽子行当流传的一句闲话。

孔乙己偷书是因买不起书,细细想来,他的狡辩,不单单是穷酸书生放不下读书人架子的问题那么简单。他的那种酸腐滑稽之中,更透射出一种世态炎凉、冷漠、残酷、凄凉。

让我至今都没想明白的是,那时候的古镇为啥流传出"偷鸽子不算盗"这么个谎言。

这座百年古镇当然不会知道,这句谎言影响了多少青少年。其实,古镇人所谓的"偷",不是真偷,而是"顺"。意思是,放鸽子的时候,谁家鸽子跟着别人家的鸽群跑了,飞进人家的鸽子房里,那就是人家的了,这就是"顺"。一般情况是大鸽群冲击小鸽群,小鸽群被冲散后,愣头愣脑的傻鸽子惊慌失措跟着大鸽群就跑了,糊里糊涂飞进人家鸽房,这似乎有点顺手牵羊的意味。养鸽子的人，都觉着好玩，但凡自家鸽子被人家鸽群拐跑了，觉得很丢人，毕竟是自家鸽子不争气，也不好去讨要。若你真去讨要了，人家会数落你，真是气人又丢分。每当遇上这事，就自认倒霉吧。

谁也没有想到，这种习气慢慢就变了味，变成了偷，并且专拣人家的好鸽子下手，成为恶俗。而鸽子行当的人却不以为然，认为不过是借你的好鸽子配个对，繁殖一窝好鸽子，仅此而已。有意无意把偷鸽子的"偷"与其他的"偷"区别开来，似乎真不是偷，没啥可耻的。甚至，有人还拿着培育的新品种炫耀，被人羡慕，这是什么逻辑啊，简直不可思议。

因为这种习气的蔓延，许多孩子深受其害。仔细想来，一方面是乡野偏僻，封闭落后；另一方面是物资匮乏、精神空虚造成的误区。那时候孩子们没啥娱乐的，把养鸽子当作一种娱乐，抑或是精神寄托。

事实上，养鸽子是有大学问的。那时候古镇人家养的鸽子的种类不多，平常人家也就是养几只平鸽而已。其实，平鸽、燕娃、雨点，都是最一般的品种，但转子、毛爪，还算可以。花头、翻子，都是好鸽子，属于上档次的。转子分左转、右转两种，也有既能左转又能右转的。毛爪呢，有大毛爪和小毛爪之分，小毛爪可以露出爪子，大毛爪就像穿着大尺码的喇叭裤,将爪子盖得严严实实,走起路来一步一摆,气质赳赳,威武雄壮,很有一番气派。其实,这种大毛爪鸽子,好看不好养,走路一点也不稳当,遇上雨雪天气,毛爪容易结冰,行走起来就更难了,也就是人工饲养,要是放到野外,肯定难以存活。唉,人们就喜欢折腾,就喜欢让它们稀奇古怪,就像现在的宠物狗,五花八门的,都是人们折腾的。

花头鸽,分黑头和紫头两种类型。黑头就是传说中的包公脸,除了头颈乌黑,也有尾翼有黑毛的。紫头的颜色分绛红色和绛黄色两种。最上档次的,非翻子莫属。翻子,也叫筋斗鸽,分单翻和双翻。单翻有前翻、后翻,也有左翻、右翻的,那是品种不纯,基本上是二转子。双翻要复杂得多,有前后空翻、左右空翻,很少出现前后左右连续空翻的,那是翻子中的翻子,是不可多得的极品,是可遇而不可求的。在我的记忆里,除了建军家培育过一对外,其他人家好像没有出现过。那对翻子,为建军赢得了许多名声,也为此惹来不少麻烦。

所有这些好鸽子,繁育是有大学问的。有相对简单的,比如黑头,纯种黑头和纯种黑头配对,繁育的小鸽子都是黑头。要是黑头和白平鸽配对,后代会出现黑头和花鸽,这个黑头就成了二转子,品种不纯,这样的鸽子没有繁育价值,一般会拿去换别的鸽子,或者送朋友,反正会处理掉,就算被人家顺走了，一点儿也不心疼。

后来，我一直觉着奇怪，这些养鸽子的人，当时都没学过生物知识，尤其是遗传繁育方面的专业知识，这些常识是怎么得来的？那时候，养鸽子的孩子大体都知道，这八成是听鸽子行当里的朋友说的经验。这些都是养鸽子的秘诀，因为感兴趣，一听就懂，一听就会，而且记得清清楚楚，不需要谁来补习功课，也不需要谁来指导，只要有纯种亲鸽，自然能够让它们顺利配对，顺利繁育出想要的小鸽子。

还有一件奇怪的事，至今也没想明白。那年春天，黑子家的母鸽子孵蛋时不小心把一只蛋滚到窝外摔碎了，黑子骂母鸽子太笨，他突发奇想，拿了只鸡蛋放进鸽窝。没想到居然孵出一只小鸡来。这只小鸡非常厉害，从小就好斗，长大了能飞好高，还敢啄人。谁也不知道它到底沾了哪门子邪火，反正就是比其他鸡厉害，不是一般的厉害，是相当的厉害。

古镇上养鸽子的人家多，丢鸽子也是常见的事。应该说，每个养鸽子的都丢过鸽子，或多或少。一般丢鸽子，就是被大鸽群裹走的，也有傍晚时分被野鸽子群裹上山的。那些被山鹰捉走的，主要是刚出窝的小鸽子，傻乎乎地站在屋顶上晒太阳，山鹰一个俯冲就叼走了。事实上，山鹰俯冲下来的时候，这些没见过世面的小鸽子就被吓傻了，愣神的工夫，山鹰已飞到头顶，小鸽子刚扑棱飞起，就被山鹰粗壮有力的利爪按住，小家伙叽哇叽哇惨叫着，山鹰理都不理，径直飞回山野，把肥美的乳鸽当作小鹰崽的晚餐了。有时，小鸽子的惨叫声会唤来它们的父母，公鸽和母鸽勇敢地冲上去。但是，无济于事，山鹰太强大了，鸽子根本不是它的对手。在这方面，乌鸦倒是厉害，我曾目睹几只乌鸦跟山鹰搏斗，大约是山鹰袭击了小乌鸦，激怒了乌鸦，一群乌鸦发起攻击，山鹰不敢恋战，丢下小乌鸦就逃走了。

袭击鸽子的大鸟中，最可怕的，是鸽鹞，也叫鸽虎、鸽鹞子。这家伙长的有点像雀鹰，是一种喜欢捕食鸽子的鹰隼。鸽鹞腰部有一道月形斑纹，飞行速度极快，瞬间窜入鸽群，抓起一只鸽子就逃之夭夭。尤其是哺乳期的母鸽，身体较弱，鸽鹞抓起来很轻松。有一次，二蛋家的花母鸽被一只鸽鹞追得无处可逃，爬到我家窗台上惨叫。我亲眼看见鸽鹞大口吞噬它的场景，非常血腥。我出门解救时，鸽鹞落荒而逃，花母鸽挣扎着飞了一下，又落下来，奄奄一息。二蛋妈撵过来，捡起浑身血糊糊的花母鸽，一边心疼一边骂："该杀的鸽鹞，挨千刀的，为啥偏偏抓个孵蛋抱窝的母鸽，这下可好了，两个屁股光光的小鸽子没娘了。"我们听了，心里好笑，又笑不出来，毕竟都是喜欢鸽子的人，一只鸽子被鸽鹞杀死是残忍的，是可恶的。

说来也怪，平鸽、燕娃之类的普通鸽子，反倒不容易遭鹞鹞袭击，花头和毛爪，却是鹞鹞追击的对象。而遇到翻子，鹞鹞就不容易追上了。要是鹞鹞追急了，翻子会顺势一翻，把鹞鹞撇开，转身飞回来。但也有例外，翻子尽情在空中表演时，鹞鹞出其不意，突然发起进攻，将翻子擒获，令人唏嘘不已。

那时候，我们也有对付鹞鹞的办法，就是皮带枪。每当发现鹞鹞来袭，孩子们就不约而同地掏出弹弓，向鹞鹞射击，指头大小的石子在空中呼啸而过，鹞鹞惊慌逃窜。不过，鹞鹞相当敏捷，我们曾经用弹弓打过呱嗒鸡、大山雀、包包吃、野鸽子，呱嗒鸡学名鹌鹑，大山雀学名乌鸫，包包吃就是啄木鸟。我们也曾打伤过乌鸦、喜鹊、山鹰，但从来没有谁用弹弓打到过鹞鹞，甚至，连皮毛也没沾到过。鹞鹞实在太机灵了，难怪有个成语"鹞子翻身"，八成说的就是它。

古镇上，鸽子被偷的次数最多和最惨的，非建军家莫属。我记得建军家的鸽子至少被偷过三次。我印象深的有三次：第一次，是因为建军家鸽群太大，经常裹走人家的鸽子，遂遭了报复，而且只是拿走了他家的黑头、翻子，普通鸽子一个没动，估计是行家所为。第二次，大约是建军和另一个养鸽子的人，因为一些事情起了摩擦，人家偷走他的鸽子警告他。这一次，掠走了大半，但第二天人家又给他放回来一些普通品种的鸽子，还算仁义了。第三次就惨了，来了个连锅端，一个不剩。这是典型的偷盗，后来人们议论起来，都说那肯定不是本地人干的。建军家有一条非常凶悍的黄狗，一般人轻易进不了他家的院子。那天晚上，盗贼用药将黄狗迷翻，然后用铁丝拴住他家的门，把鸽房翻了个底朝天，连未出窝的小鸽子也没剩下。是啥人干的？没有人知道，建军和几个朋友四处寻找，周边的朋友也私下帮着打听，没有一丝音信。

从此以后，建军不再养那么多鸽子了，只是养了三对平鸽。

要说古镇上养鸽子最有经验的，还是建军。每年秋天，一大清早，建军打开鸽房，放出鸽子，一声响亮的口哨，就把鸽群赶上天，让它们飞出去，飞到麦地，或者马路上，捡食遗落的麦粒。鸽子们吃饱了，带着满嗉子的麦粒回到家，建军在屋顶上放一盆盐水，鸽群猛喝后，开始将一嗉子麦粒全部吐出来。鸽子们就这样不明就里，飞到天上，又转身回到屋顶。麦粒积少成多，建军则将屋顶上的麦粒扫堆，晒干，积存起来，再做鸽子冬天的饲料。建军有点像养鱼鹰的打鱼人。鱼鹰是为主人打鱼的，当然主人也会给它少部分鱼吃。建军的鸽子，是将麦粒留给鸽子冬天做食粮的。在那个粮食紧缺的年月，人都吃不饱，哪来粮食喂鸽子，这也是建军能够成功地养那么一大群鸽子的原因。没有那手技术，建军爹妈是不会同意建军养鸽子的。建军是从哪里学来的，没有细问过，那时候许多人都知道，但是，只有建军坚持使用，并且非常成功。

黑子家的鸽窝孵出小鸡的那年春天，我家的鸽群也发生了不幸，我家最漂亮的紫头母鸽被邻居家的猫叼走了。这可是我最喜爱的鸽子，也是我家鸽群里的公主啊，我心疼了好几天。眼看繁育季节到了，我的紫头公鸽却落了单。这家伙可不老实，跟其他鸽子进行争抢，这是我更不愿看到的。它可是一只纯种的紫头，不能混血的。我四处向朋友打听，寻找合适的母鸽配对。

后来黑子跟我说，他弄到了一只紫头母鸽，条件是，把我的紫头公鸽借给他，繁育的第一对乳鸽归他，然后把母鸽送给我。嗨，这个当然可以呀，不就是让我的紫头公鸽入赘人家，一两个月后再带着媳妇回来，没啥损失，我就答应了。可是过了没几天，他又将紫头公鸽还给了我，我问他怎么回事，他一脸沮丧，啥话没说直摇头。后来才知道，他的母鸽来路不正，是偷别人的，他见毛色不错，就想起我的紫头公鸽，后来人家找上门来……

这事也让我非常难堪。后来,我将紫头公鸽也送了人,只留下一对平鸽,在屋檐下用纸箱搭了个窝,自然繁衍。此后,我不再养鸽子,那对平鸽一直在屋檐下自由繁育。

多年以后,虽然我不再养鸽子了,但每次看到鸽子,就不由想起乡村养鸽的往事,有时觉着好笑。

唉,谁说偷鸽子不算盗。但重要的是,鸽子给那时的乡村带来的快乐是真的。

碉堡梁山洞探险记

一

碉堡梁西坡梁下有个山洞，据说是民国时期当地人避战祸时挖的，也有说是更早时候备战用的。人们把这个不知谁挖的也叫不上名字的山洞说得神乎其神，说里面有仓库、火房、水窖，甚至还有吃饭的桌子、睡觉的炕，类似地道，就像电影《地道战》中的地道。说那里面到处都是洞，洞洞相连，纵横交错，四通八达，可以住许多人，还可以养牲口。更有甚者，说地道与碉堡梁上的土碉堡是连通的，这让人有点不可思议。

这山洞是啥年月挖的？是干啥用的？里面到底有啥东西？这些事在我们心里蒙上了一层神秘色彩。就像碉堡梁上那座已经塌陷的土碉堡，是何年何月何人修建的，谁也说不清，它只存于南墙根下晒太阳的闲汉们谝闲传的话题中，都是些陈芝麻烂谷子的事情，多半是道听途说东拼西凑的，当不得真。

然而，越是不知底细，越发让人好奇。这神秘的山洞，对村里的孩子们充满了诱惑。

那时候我一直纳闷,人们为啥要在这座山梁下挖地道?这条地道跟碉堡梁上的碉堡有啥关系?难道真与土碉堡连通?

实际上,碉堡梁下的山洞有两个,据说一个是进口,一个是出口。进口靠近南面,洞口大些;出口在北面,洞口像泥鳅的嘴,又扁又小。也有人说碉堡梁后面还有一个出口,只是时间太久远,早就没了。前面的两个洞可以看见,后面的洞我始终没有找到,对此,我一直疑惑。

一年夏天,我们几个孩子在西河坝泉水窝子抓小鱼、摸泥鳅,抓了小泥鳅就去碉堡梁上烤着吃。我们烤鱼的方法很简单,捡一些干柴杂草,点一堆火,折一根干芨芨棍从泥鳅嘴里插进去,放在火上烧,翻几个个儿,滋滋啦啦一会儿就好了,连皮带肉带骨头一口就吃了。还别说,这冒着土腥气味儿的烤泥鳅,味道真的不错。

其实,我们在碉堡梁上烧泥鳅的次数很少,因为河坝里只有初夏那些日子有水,其他时候是干涸的,自然没有鱼。不过,烧洋芋倒是经常的。洋芋就是土豆,当地旱坡地上种的洋芋,煮上烧上都好吃。

那年月,村里多数人家主要依靠洋芋生活,粮食紧缺,洋芋是最好的东西。除了蒸煮,还做搅团、做鱼鱼子、做粉条,都非常好吃，现在已经成为当地人招待客人的土特产。前些年回木垒，我带着妻儿专门寻找做搅团、鱼鱼子的饭馆，虽然好吃，却吃不出多年前的味道。而洋芋粉条，却是每年春节母亲必做的一道凉菜，每次拌上一大盆，都会被吃得精光。

再说烧洋芋的事。我们先挖个小灶坑，直径二十厘米左右的圆形坑，沿着边缘用土块一层一层垒起来，我们把这一步叫"垒炉子"。

垒炉子可是个技术活，需要技术，更需要耐心，毛手毛脚的人弄不成，心急手笨的人也弄不了。平常时候，这活儿属于我，在这帮小伙伴中，我垒炉子的手艺还不错。黑子、文平给我打下手，就是找土块。土块一定要干透的，比较瓷实的，能够敲打成尖锥状，便于垒砌。越往上面，土块层层变小，顶部就是小土块，一块一块垒，衔接完美，确实需要细心和耐心。

垒好的土炉子，像座微型碉堡，更像倒扣的尖顶篓子，非常漂亮。捡来一堆麦杆枯枝干草，从炉门烧火，把土炉子烧红烧透。然后，用准备好的大土块把炉门堵上，轻轻夹起炉顶的几颗红土块，慢慢撂进灶坑。这一步叫"开天窗"，至关重要，必须轻拿轻放，弄不好会把炉子弄塌，烧的洋芋不多，也烧不好。

将洋芋从顶部开口处轻轻放进去，然后将土炉上面的红土块慢慢推进炉膛,直至覆盖了全部洋芋。这一步叫"收盖子",要用力均匀,拍打利索,保证全面覆盖。

最后,手握石块将上面的热土块轻轻击碎,再用土将整个炉子覆盖,变成一座小土包,保证热气不散失。约莫半个时辰,挖开灶门,先扒拉出来一个,皮儿焦黄,香气喷鼻,大家开始享用一顿烧洋芋大宴。现在想起来还是那么香。

二

那年我不满十岁,江疙瘩、文平和毛头比我大一两岁,黑子比我小一点。在这帮孩子当中,江疙瘩最捣蛋,不爱学习,跟我同年上学,我上三年级了,他还在一年级瞎混。

江疙瘩这小子坏点子多。那天,我们吃完烧洋芋,江疙瘩说要带我们去山洞里探险,说他以前进去过,那里面有房间,有土炕,厨房、仓库啥都有,天热时还在里面睡过觉,非常舒服。起初我们不信,见江疙瘩说得神秘兮兮的,就有点心动了。毕竟是孩子,好奇心强啊。

江疙瘩掏出一盒火柴给我,说让我带上火柴先进,别人跟在后面,他在后面收尾。那时候我虽然个头小,有时胆儿还挺大。比如在古城墙圈子里放驴,城墙上有鸟窝,我就让小伙伴们解下驴缰绳,拴住我的双脚,把我倒吊下去。

鸟窝距墙头也就一两米,但距地面却有十几米。现在想起来也觉得后怕,万一绳子断了,或者上面拽绳子的一松手,我小命就没了。可那时不考虑那么多,就这样冒险下去了,掏了小鸟,有时是几只鸟蛋。那时候还不知道爱护小鸟的,抓上小鸟玩几天,掏到鸟蛋用泥巴糊上烧着吃,那味道真的好。有时也做烤蛋饼,找一块平整的石头,拿一些干柴草点火烧,直到把石头烧烫了,扫去杂草灰烬,把鸟蛋轻轻一磕,顿时腾起一股香喷喷的热气,过一会儿,把蛋饼翻个个儿,嘿,成了。现在想想,那时也是因为吃不饱,也没有保护动物的意识。

再说进山洞的事。我拿着火柴往前走。实际上我们是爬进去的,因为长年风蚀雨淋,洞口已经塌陷,落了许多土,处于半封闭状态。爬进洞口,里面就开阔了,可以猫腰慢慢往里走。

没走多远,后面就有人说,他们跑了。洞里面黑咕隆咚的,谁也看不清谁,回头一问才知道,只有文平和黑子跟着我,其他人都退出去了。我们凑在一起商量,黑子说:"我们也出去吧。"大家表示同意。

我们转身往外走,洞口外面,江疙瘩和毛头贪玩,吓唬我们,往洞里扬沙土,他们的意思很明显,想堵住洞口不让我们出。

正值盛夏，天气燥热，地面上干燥的沙土扬起来很是呛人，让人睁不开眼睛，呼吸都觉得困难。

我们退回洞里，情况稍好一些。大家商量该怎么办，我说："何不探一次险，反正手里有火柴，点亮了往里走，应该可以从另一个洞里出来的。"

"对！探险。"

黑子和文平听了我的提议也很兴奋，激动地叫了起来，我们似乎很默契。

我擦亮一根火柴往前走，黑子和文平紧跟身后。起初，我们信心十足，壮着胆儿往前走，心里还想着，这帮胆小鬼，看看我们是怎么从出口出来的？！合计着我们出来了好好作践他们一番。

洞里实在太黑，我们走得很慢，走几步火柴就灭了，然后再擦亮一根。我一直想着传说中的事情，我一边走一边留心查看，除了拐弯就是直道，拐弯处空间稍微大一些，但始终没有看到仓房、伙房，更别说火坑了。我们走着，心里着实有些失落，这洞可没有想象中的神秘，所谓的探险简直没有意思。尽管如此，我们还是坚持往前走，继续探险，希望有新的发现。

可是，事与愿违，我们越走越失望，除了黑咕隆咚或宽或窄的通道，个别地方稍微有大一些的空间，其他什么也没有。

也不知擦了多少根火柴,走了多少路,一路寻找,还是没有发现出口的迹象。

这时候,我忽然发现火柴没了。

这个坏消息把我们三人都吓了一跳,一阵恐惧袭来。

三

黑暗中,我仔细打开火柴盒,小心谨慎地在里面摸索,还好,剩最后三根。我们每人便捏着一根救命的火柴棍,思虑着是继续往前还是退回去?大家举棋不定,谁也拿不定主意。

在阴暗黑沉的山洞里,莫可名状的恐惧笼罩着我们,大家一时不知所措。文平最胆小,咿咿呀呀地哭起来,黑子也胆怯得厉害。我虽然害怕,但还稍微镇定一些。

我说:"哭有啥用,先想想怎么出去。"

文平说:"还是往回走吧。"

黑子说:"继续往前走。"

现在,大家就看我做最终决定了。我想了半天,按理来说,我们走了半天,也应该靠近出口了,可是,看不到一点亮光。往回走,确实需要一大段路。是进是退,有些犹豫不决,说实在话,往回走心有不甘,往前走,心里确实没有把握。在再三掂量之后,一咬牙,决定还是往前走,找到出口。

我继续在前，文平和黑子跟在后面，我们摸黑用手慢慢试探着往前挪动。我们已经说定，这三根火柴只能在关键时刻用。

我们在黑咕隆咚的山洞爬了一阵，还是没有一丝光线，出口到底在哪里？我心里也犯嘀咕了。黑子哼哼道："我们，还是往回走吧。"

我也不知道该怎么办了，只好这样。我们又往回爬。也不知爬了多长时间，拐来拐去的，还是没有光线的影子。

四

那个夏天的下午，天上的太阳火烧火燎，把地面上的尘土照得烫脚，可地道里阴森森凉飕飕的。虽然我们吃了一肚子烧洋芋，并不觉得饿。可是，我们都穿着单衣，感觉又冷又怕，越冷越怕，越怕越冷。

此时，我突然觉得我们已经陷入一个黑暗的世界，已经被黑暗吞噬了，寒冷和恐惧笼罩着我们，四周都是阴森的黑暗，我们身上也是冰凉的黑暗，谁也看不到谁，三只小手握在一起，感觉到对方的温度，感觉到对方还活着，这是我们唯一觉得安慰的地方。而黑暗却把我们与人间隔离了，外面是村庄，是家园，是明亮的人间。而我们在碉堡梁下的山洞里，在地狱里，甚至在什么位置也不知道。

那时候，我们多么渴望明亮的光线突然出现，突然把我们照亮，来拯救我们。我们大声呼喊，除了地道里阴森森的回音，外面什么也听不见。

当然，我们也不知道外面是否有人，是什么时间，天是亮着，还是黑了。我们被堵在地道里，家离我们只有不到一里地，可我们回不去。世界已经将我们彻底丢弃了。我们的嗓子喊哑了，力气用尽了。

三个孩子，一人捏一根火柴，靠在一起，坐在阴森森的地道里，在黑暗的世界里期盼光明，期盼神灵救助。

我们蒙着头走着，似乎也忘记是往前走还是往回走，也不知过了多久，忽然传来呼叫声。我们赶快起身，循着声音方向爬去，一边回应着，黑子使出了全身力气，文平是带着哭腔喊的。后来听仔细了，好像是文平爸爸。后来文平爸爸说，他在地道口喊我们时，里面一点回音也没有。

我们往前爬了一阵，就看到很淡的光线，慢慢出了地道口，才看到是手电筒，我们每人手里还捏着一根火柴。

后来才知道，我们进去以后，江疙瘩和毛头用杂草和土封住了洞口。过了好久，毛头见我们一直没从另一个洞里出来，便向文平爸爸报了信。文平爸爸是用铁锨把地道口的垒土挖开的。我们出来后,江疙瘩已不见人影了。

五

再后来,文平和黑子家搬走了。我始终未向家人说起过这件事,以后再也没进过碉堡梁下的山洞。

不过,这件事我一直没想明白,难道那个山洞只是个拐来拐去的地洞,没有仓房之类的结构,它到底是干啥用的?或许,真有那些重要设施,只是里面光线太暗,我们匆匆忙忙经过没有注意。是啊,我们在里面确实心惊胆战的,就算里面确有机关我们也很难发现。如此说来,碉堡梁下真的是有密码的,只是与我们无缘。而这次探险,也成为孩子们最后一次进洞。因为这次事情惊动了村里,大人们怕孩子们再犯险,就把山洞彻底填埋了。一切秘密都封存在碉堡梁下了,成了永远的秘密。

然而,多年以后,我始终记得这件事,倒不是要怪罪江疙瘩他们,毕竟都是孩子。但这次经历却让我对黑暗和生命多了一些认识,具体是什么,自己也说不了那么清。

后来我常想一个问题,人在黑暗中为啥会恐惧?

其实,这是人与生俱来的本能反应。火是光明之源。人类自从发现和使用了火之后,才实现了从兽到人的转变,这是一次历史性的飞跃。这次飞跃直接改写了人类历史。火不仅给人类带来了食物上的改变,也给人类带来了光明,同时也给人类带来了精神上的慰藉,那是人类新的希望。

火给人类带来了生存方式上的改变,也给人类带来了生存条件上的改变。人类因为火而走出兽群,走向文明,走向新生活。

人类因为对火的依恋和依靠,也对光明有一种依恋和依存。没有光明的世界是可怕的。正如人类依恋太阳和月亮一样,它们给人类带来光明,给万物带来生机。

石祖：四道沟遗址之魂

一

四道沟古人类文化遗址，位于木垒县东城古镇南两公里，东城河谷和四道沟中央凸起的坡梁地带。

坡梁上有一所小学，就是四道沟小学，村子附近的孩子都在那里上学。1971年秋天刚开学，学校要扩建校舍、平整操场，老师带着学生们挖掘取土。大家正干得热火朝天，高年级学生杨子俊（化名）无意中挖到一块石头，他并没在意，随手捡起来看了看，不由自主笑出声来："哦呀，咋挖出个怪物来！"

他这么一喊，同学们闻声凑过来，有人把石头拿过来在手里掂了掂说："哦，原来是根石棒槌。"

有人笑着说："嗨，不就是个浆锤子么，有啥奇怪的。"

几个学生在那里起哄，恰好被校长看见了。校长走过来，问咋回事？杨子俊说："没啥，挖出来个怪东西。"便将石棒槌递给校长。校长接过石棒槌，不由一惊，心想："哦，这东西有点怪，到底是啥？"

校长仔细端详一番。这根石棒槌，长约半尺，擀面杖般粗细、形状，它通体匀称，轮廓清晰，肯定经过精心打磨，而非天然形状，他在心想。

此时，学生们一窝蜂围拢上来。

面对学生们七嘴八舌的提问和充满好奇的表情，校长轻轻摇了摇头，没有回答。其实他也答不出来，但他心里确实疑云重重。

这到底是个啥物件？

校长是本地人，是土生土长的农家子弟，他熟悉乡间一切农具用具，也包括家里的各种用具设施。前些年，村里人打墙取土时也挖出来过石磨、石球、石纺轮之类残缺不全的古东西，他都见过，也能说出他们的用途。对于这个物件，村里人心里疑惑，这东城一带，听说是清朝时才迁移来的人口，难道是那时候人们留下的东西。而这些东西也太粗糙了，能有啥用。不过，人们还是相信他的话，因为他是村里最有见识的人。其实那时候他也是猜测，他也疑惑过，就这么一片荒坡地，咋会出现这么老古的东西的。

而眼前的这个物件确实让他挠头，它不同于石磨、石球，这物件看上去磨制得非常精致,有点像浆锤子,但又不是。

说真的,这个物件让他更加好奇。虽然此时他不知道这物件的不同凡响之处,但他坚信,这物件不简单,一定不寻常。

随后的发现让他更加惊奇,就在杨子俊挖出石棒槌的附近,学生们陆续挖出了石磨盘、石锄、石锛、陶器等物件,还有一些残缺的人畜骨头。

那是一个秋阳煦暖的上午,炙热的阳光照耀着坡谷地带,被清晨寒露打湿的草叶一个个舒展开来,在金色阳光里向大地招手。田野里的麦捆已经拉到沟谷平坦地带的麦场上,码垛得跟堡垒似的,四周的麦地空旷无遗,只有三五成群的绵羊和零零散散的毛驴在麦茬地里吃草,偶尔听到坡梁顶上一声驴叫,随后就看见有人在坡梁上奔跑。远处的麦场上传来打场的头马笼头上的铃铛声,打场人驱赶牲口的吆喝声,尤其那响亮的长鞭划过空际的余音,在河谷久久回荡,余韵悠悠。

校长文化虽然不高,但对历史还有些了解。面对这些零零散散的石器、陶器和尸骨,他似乎明白,此地可能是一处古墓葬,尤其这个石棒槌,是特征鲜明的磨制石器。他知道一点关于打制石器与磨制石器的关系,想到此,不由倒吸一口凉气,此事非同一般。尽管他并不知道这些东西是哪个时代的,也不知道它们的文化价值,但他做出了一个正确的决定。他立即组织学生把挖出来的这些石器陶器全部收集起来，堆放在办公室里保管起来。学生们不明白为啥要收集这些破玩意，他也不多解释，就说这些东西很重要，称可以发现几千年前这片土地上的秘密。具体是啥秘密，他也不知道，他猜想，这跟当时人们的生产生活直接相关。

可是，当地人迷信，认为见到死人骨头不吉利，打扰了亡灵要遭报应。校长和另一个老师把那些散落的人骨畜骨装进一个破麻袋里，埋到了西面的沟里，让他们的灵魂得到安宁，也让村里人放心。

然后，他亲自到县上文物部门汇报了此事，文物部门到现场做了考察，但没有结果。这让校长非常失望，不过，他没有放弃之心。之后的几年里，校长不断地向县、州、自治区文物部门写信反映这些文物情况，最终引起了相关部门的重视。

二

校长的努力没有白费，考古发掘引起了巨大轰动。

1976年10月和1977年3月，新疆维吾尔自治区博物馆两次派人实地调查，考古发掘工作从1977年5月开始，持续两个多月时间，直到7月全部结束，共开挖沟两条、探方六个，发掘面积二百平方米，清理了六个古墓葬，出土文物150余件，其中石器、陶器、骨器、铜器等80余件。大部分是磨制石器，有石球、石锄、石锛、石纺轮、磨谷器、刮削器、石杵等；陶器40余件，其中一件残高约三厘米的陶狗，仰天狂吠，形象生动，是早期陶器精品；骨器40余件，有骨针、骨梳、骨纺轮等；铜器10余件。这些种类繁多的文物集中出现，让考古专家震惊不已，真是没想到，在偏远的木垒东城，居然发现了这么丰富的文物。专家们初步断定，四道沟村落是石器时代和金石并用时期最具代表性的早期遗址，这说明当时的人们过着畜牧业与农业并存的生活。

遗址共有六个文化层，说明先民们在这个村落生息繁衍久远。考古发掘遗址中有灰坑、灶址和柱洞，说明远古先民已经开始定居生活。通过对出土文物碳-14测定，证明四道沟远古村落存在于距今三千年到两千四百年之间，是新疆地区发现最早的新石器晚期人类村落文化遗址。

四道沟远古村落坐落在东城河古河床中央的坡梁上。坡梁南北狭长，从地形走势看，远古时候坡梁两边都有河流通过，现在依然有一条南北走向的水渠从遗址西侧通过，与吐鲁番交河故城地势相似。

这座远古村落四周风景秀丽，东城河从南面山口流出，在遗址南从东向西流过，三面环山，群山起伏。每当夏季来临，山坡上绿草茵茵，豌豆花飘香，微风拂过，麦浪滚滚……

在考古发现的所有文物中，1971年学生发现的那个石棒槌最为特别。专家说，那根石棒槌可不一般，那是石祖。这件造型精致的石祖，就是石雕男性生殖器模型，通长十六厘米，根部直径七厘米。专家说，这件石祖是反映父系祖先崇拜、生殖崇拜的祭祀圣物，是人类进入父系社会的代表物，是祖宗崇拜的文化标志，反映了四道沟古人类祈求人丁兴旺的美好愿望。

考古人员在遗址2号墓还发现了一个罕见的棺木，棺板上绘有彩绘狩猎图，人物、动物生动形象，还有穹庐和云纹象征性符号。据勘探，墓主人是老年男性，随葬品有弓箭、镖、木碗、陶碗、铜饰件及丝织品、皮靴等20余件，从陪葬品和墓穴来看，墓主人有一定社会地位，可能是一位部落首领。

专家说，这是新疆地区发现的第一座彩绘狩猎纹的棺墓，反映出当时四道沟古人类群体已经有了相当规模，具备相对完善的社会群体和适应自然的能力。

后来的考古中，考古人员还在墓葬区域发现了黑麦的碳化颗粒，证明当时人们已经开始种植黑麦。据说，这是新疆地区发现的最早的麦子作物。这是农耕文化的重要标志。由此，一些专家学者也把四道沟遗址称为新疆的"半坡文化"。

1977年考古发掘后，四道沟遗址就列入新疆维吾尔自治区文物保护单位，立碑一座。学校自然搬迁到别处。由于各种原因，这里后来没有再进一步发掘。

这位校长姓董，叫董生杰。也许，他不能像发现秦始皇兵马俑的杨志发一样风光。但是，他一定是了不起的，是值得尊敬的，也是值得历史铭记的。

然而，这两次古墓发掘科学考察，自治区州县三级文物管理部门及考古专家来了一批人，把百年沉寂的东城山村轰动了，也着实热闹了一阵。随着考古队伍的离去，古老的村庄又恢复到以往的平静。被铁丝网围起的古遗址，也恢复了千年沉寂。

而铁丝网内，这片古老的土地下深藏的秘密，又让东城人感到更加神秘。

他们是什么人？三千年前，他们在这片土地上是如何生存的？他们从哪里来，又去了哪里？……众多的疑团，小时候一直困惑我，至今依然。

从红山嘴山顶鸟瞰，这座原始古村落就坐落在东城河谷中央的长岛上，地理位置非常之好，可见古人的眼力。东城处在丘陵地带，河谷泉眼密布，常年溪流淙淙。南山森林茂密，适合砍伐。坡谷草木旺盛，可以放牧。平缓的沟谷土地肥沃，适合开垦种植五谷。这片土地宜农宜牧，这条河谷适合生活，也难怪他们能够在此繁衍生存了千年时间。

正因为这座千年古遗址散发出的神秘气息，使我对人类的发展史更加好奇，多了一些思考。要说东城古人类遗址，得先说石祖。而要说石祖，需要对人类的历史及原始崇拜做些探访。然而，这些事情太古老太漫长了，说起来实在太不着边际。

三

人类是怎样出现的？

这个历史之谜，至今没有确切答案。根据古人类学家、生物学家、考古学家们的研究和推断：人类是生物演化的结果。这个观点，现在应该是一个科学的论断了。

人类是在生物进化过程中产生的。这一句话很简单，而这个进化过程却经历了几亿年、数十亿年，甚至更漫长的时间。而这又是一门很严密的学科，几百年来，专家们的论述也不完全一致，主要是实物证据不足。

那么，人类是如何进化的呢？简短来说，人类是从古猿演化而来的。就是从古猿到真正意义上的人类也经历了几十万年，甚至上千万年。对于这么漫长的历史，目前仍然没有最科学合理的解释。不过，科学家们的研究终归是有一些结果的，他们从工具的使用上初步判定了人类的一个进化过程。在工具的使用和制作上,我们看到了一条清晰的脉络,人类就是沿着这条路径从莽莽荒野一步步走来的。

最初的打制石器,距今一百二十万年左右;后来发现的磨制石器,距今一万二千年左右。而青铜器的出现,是距今四千年至五千年左右。

打制石器是比较简单的工具,主要用于狩猎或切割食物。对一百万年前的远古人类来讲,已经是划时代的发展和进步了,包括后来对火的发现和利用,照亮了古猿人向人类的前进之路。人类学家把这一时期称为旧石器时期。磨制石器相对打制石器就比较复杂,同时出现了骨针等骨器,以及简单的陶器。这是人类原始文明的萌芽。人类学家把这一时期称为新石器时期。青铜时代的到来,是人类走向文明的开端。

伴随着工具的发展,人类从洞穴走向简单的木制窝棚,然后修建了土木石结构的房屋,并且从采集、渔猎为生,逐步过渡到种植作物、养殖动物。从裸体到身着简单的兽皮或树叶衣衫。人类的大脑容量由不足800毫升发展到1200毫升。人类在生产生活过程中加强了交流,在社会活动中逐渐产生了语言、文字、音乐、美术、原始崇拜。而由原始崇拜产生的原始宗教,对人类社会组织、社会形态、思想意识、生存法则、生活习俗等方面产生了关键性作用。远古人类从原始群落,逐渐形成氏族社会，建立了氏族部落、部落联盟，国家的概念诞生了。人类从原始走向现代，野蛮走向文明。

人类真的走向文明了吗？宗教，政治，国家，民族。可以这样说，伴随着原始宗教的产生，"政治"这个浑浊的词就出现了。对于这个词语的定义，同宗教一样有着神秘色彩。从政治诞生之日起，人类对它既爱也恨，既崇敬也恐惧。政治总是与权力纠缠不清，总是充满正义和邪恶的斗争。而政治本身的意义，包括政治与宗教之间的关系，也理不清，说不明。

人类的历史进程，从时间历程表上可以简单这样描述：类人猿（距今五百万年左右的直立猿）——原始人（距今一百万年左右的猿人，旧石器时期的早期智人）——古人（晚期智人、新石器早期的原始人，距今一万二千年）——现代人（距今约三千五百年）。

关于古猿的发现，国外最早发现的东非古猿化石，也称东非人、东非直立人，属直立猿，有人类的典型形态，距今五百万年左右。在中国湖北发现的南方古猿化石，距今约四百万年。在重庆发现的"巫山人"化石，距今约二百万年。这一时期的社会形态主要是群居。

原始人实际是早期智人，主要是智力上与古猿有所差别。打制石器制作和使用、火的使用都促进了远古人类的智力活动。在这个蒙昧时期，远古人类有了朦胧的原始崇拜意识，出现了结绳记事、岩画、彩面纹身、贝骨装饰等简单文化形式。尤其是以女阴崇拜为特征的生殖崇拜，对人类的快速发展起到了积极的作用。原始氏族逐渐产生，家庭的概念处于朦胧状态。

人类进入古人阶段，也就是距今一万年至三千五百年，磨制石器和陶器出现了，种植、养殖、采集、打猎，促进了人类生存方式的改变。语言、文字符号、绘画出现了。原始宗教意识、神灵意识、生殖意识，成为人类生产和生活的一种追求。以父亲为单位或以母亲为单位的氏族家庭比较普遍，男根崇拜出现，并且与女阴崇拜相合而存。一些母系氏族逐渐演化为父系氏族，男性的主导地位得到确定。家庭正式产生了，部落、村落产生了。伴随着部落之间的生存战争，人类逐渐步入部落联盟，国家形态逐渐出现。

随后就进入了青铜文明时期。一千年后又进入了铁器时期。再一千年后又进入火器时期。现在是工业文明、电子、生物技术等高度发展的时期。

四

原始崇拜的产生与发展过程，这也是一个没有开头、没有结尾的命题。原始崇拜是如何出现的？是怎样演变为宗教的？这种崇拜在今天又是如何存在的，未来将何去何从？

原始崇拜是如何出现的，没有确切的答案。因为我们不能让化石说，让它们告诉我们原始人为什么有诸多崇拜。就算它们开口说话了，面对那些远古的口音和语言，今人无法破解，会让我们更加迷惑。

从考古发现的几十万年前的原始人的崇拜及古代典籍，包括现在分布于世界各地的古老民族的信仰等可以看出，几十万年来，从原始人、古人到现代人，人类始终都有崇拜。人类的崇拜形式多种多样，从日月星辰到风雨雷电，从天地水火到山川云霞，各种动物，各种植物，包括颜色、符号，包括神灵鬼怪，甚至逝去的先祖，贯穿于吃穿住行、生老病死等生命活动的每个过程。人类世界的每个细节都与崇拜有关，崇拜决定着人类的生存，崇拜决定着人类的发展。崇拜能决定世界的未来吗？

但凡崇拜，都与人类的生产生活有着直接或间接的联系。这种联系是客观的，也是主观的。几十万年前的人类，因为日月赐予光辉和温暖，心存感恩，而崇拜日月。因为不可知的自然灾祸而恐惧，因恐惧鬼神而祭鬼神，祷告天地，希望风调雨顺，因祷告而演化为崇拜。还有对身边许多神秘现象不可知，加以神化而崇拜，以祈求福祉。发现生命是从女阴诞生的，而心生崇拜。当然，这些都是因为不理解，因感念而产生崇拜。这是一种原始意义的崇拜，这些崇拜，从某种意义上起到了启发人类心智的作用，包括人们对生命的认识，也包括对人类自身的认识。

什么是人？什么是人生？什么是智慧？什么是幸福？当然也就有了更多的疑问……

由此，人类文明正式诞生，宗教、习俗、道德、艺术、美学、哲学，科学的出现和进程再一次加速了人类社会发展的步伐。但这种快节奏的发展，在推动了生物发展的同时，也推动了人类对自身的审视和考验，比如转基因作物、克隆，人类的部分器官在动物内培育，这是科学与伦理的挑战，是进化与文化的对峙，还是人类对自身的认识已经不太神秘了？或者把人类的身体放置在自然界的平台上，与万物平等，让人类走出自身的神话，真正认识这个叫人的生命体。

这是一个富有挑战性的时代或者革命，也是一场残酷的心灵苦难。世界在前进，人类在前进，文明在前进。但总有一条缝隙我们不敢确定，世界永远是不可知的，因为人类的历史很有限……

五

关于生殖崇拜。

几十万年前的远古人类，对作为生命门户的女阴感到神秘而崇拜。最初人们将山洼、洞穴、凹石当作女阴的象征物，加以崇拜，后来发现鱼、蛙与女阴或子宫的相似性和功能相近性，而对其加以崇拜。随着石器制造的发展，人类制造出类似女阴的女阴石，在人类认识到男根的生殖作用后，男根崇拜出现了，从山峰、石柱到石制男根，即石祖。随着人类社会发展，陶祖、石祖、玉祖、铜祖出现了。

在我国各地，生殖崇拜物的发现非常普遍。西安半坡遗址出土的大量的人面鱼纹陶器，辽宁阜新胡头沟墓葬出土的两枚绿松石鱼形坠，浙江余杭反山墓葬出土的白玉鱼纹饰，都有象征女阴的意义。

关于女阴崇拜，古代各种典籍中多有记载。例如《太平寰宇记》卷七六载："石乳城水，在县北二十一里玉女灵山。东北有泉，西北两岸各有悬崖，腹有石乳房一十七眼，状如人乳流下，土人呼为玉华池。每三月上巳日，有乞子者，漉得石即是男，瓦即是女，自古有验。"张君房在《云笈七签》中也有类似记载。

四川盐源县悬崖上有一"打儿窝"，据说是女神的阴户。人们在打儿窝前点香上供，然后向两洞内投石块，如果投进去就能生儿育女，投不进去就不能怀孕。凉山州观音岩还有摸儿洞，里面有石块和沙粒。当地妇女将手伸进摸儿洞，摸到石块生男孩，摸到沙粒生女孩。打儿窝、摸儿洞都是女阴崇拜物。

女阴崇拜在国内外许多地方都普遍存在。云南大理剑川石窟第8窟有个女阴雕刻，当地白族人叫它"阿央白"，又称"白乃"，意思是婴儿出生处。福建漳州东山岛有一巨大女阴石，刻有阴阜、阴毛、阴唇、阴道，惟妙惟肖。至今，岛上居民仍然崇拜，有投石求子的风俗。

古印度各族有不少关于男根、女阴和半男半女的象征和图形，其中最流行的是女阴中有男根的图，这种图被称为"阿尔巴"图，也有象征女阴的鱼形图案。

从这一点也可以看出，生殖崇拜是古人类的基本崇拜活动，也是人类对繁衍和生存的重视和信仰。

六

石祖之祖。

远古人类对男根的认识是从生育开始的，因为男根对于生命创造的伟大意义，进而神秘化，成为崇拜物。在不同历史时期出现了不同的象征物，如石祖、木祖、陶祖、铜祖等，形状与男性生殖器相似，但大小不一。有的高达数米、数十米，有的细若手指。辽宁北票一名收藏者藏有一枚罕见巨型石祖，高一百四十厘米，直径三十五厘米，石质为白砂石，有专家初步认为它是红山文化早期文物，距今有七千多年历史，被称为"辽宁第一祖"。

在广西龙母金洞古人类文化遗址发现一个高约三米、直径约一米的古人类崇拜的石祖，为"岭南第一祖"。而且这个巨大石祖又为人们留下了许多谜团。这个数吨重的石祖，古人是怎样竖立起来的？又是如何将它与底座的石条黏合牢固，使它经千年风雨和地震而不倒？更奇特的是石祖正好在北回归线的位置上，这是千万年的巧合还是古人的玄机所在。

四川木里县大坝村有个鸡儿洞，里面有一根三十厘米高的石祖，当地乞求生育的女性常到洞里烧香膜拜。

关于"祖"字，也有一番解释。从字源上，甲骨文中"祖"多写作"且"。有学者认为，"且"是男根的形象，它指祖先之义，与生殖崇拜息息相关。在殷代甲骨卜辞中，常有且甲、且乙、高且乙等等，似乎二代以上的先王先公都可以称"且"。且，或许是那时代对祖先的通称。并且，且壬、且癸又叫示壬、示癸，《史记·殷本纪》中也有记载。郭沫若先生在《释祖妣》一文中也对"示"做了一番解释，他认为"示"是男性生殖器的倒悬之形。

在东城四道沟遗址发现的石祖长约十三厘米,女石祖呈圆盘状,很像加工粮食用的石杵和磨盘。男女石祖同时发现,在国内实属罕见。

据考古专家测定,四道沟遗址处在公元前10世纪至公元前4世纪这一时期,正是中国的西周至春秋战国时代。而发现的男女石祖有的成套埋在地下,是这个古人类群体特殊的习俗,还是一种信仰或宗教活动?

这些都是未解之谜,有待时间来解答。

七

保护好古人类文化遗址是我们的责任。

我是60年代出生的东城人。有人说,那个时代是不幸的,但实际上,现在的年轻一代也很危险,虽然政治、民主、法制、社会文化大环境较好。但现实社会生活中暗藏着的毒素、黄赌毒、电子游戏正在吞噬年轻人的身心。现在,吃的、穿的、住的、用的,一切物件,假冒伪劣无处不在,无时不在侵袭人们的身心健康,尤其是对青少年学生,电子游戏像海洛因一样迷惑他们的心智。

说到此,就再回到主题上,我写四道沟石祖,本身是对信仰文化的一种思考,它是否能给现在的我们更多的启示呢?

小时候，我多次从古遗址旁路过。我们在三千年前古人游牧的草原上放羊牧马，而这些古远的生民，在地下透过三千年尘埃看着我们，他们看我们的时候，我们没有一点感觉。

我们真的没有一点感觉吗？

现代人，生活在数字、图像和声音的世界里，我们的生活与大自然隔膜起来，陌生起来。人们怀着好奇心或放松心理，或其他心情进入大自然时，惊呼大叫，旅游、探险。若干年后人们突然发现，现在的大自然已日益缩小，已变了面孔，地球已成了一个村庄。当大自然真的被"克隆"了，大自然就不再神秘了。当大自然不再神秘的时候，人类就彻底生活在荒原上了，四处都是一样的钢筋、水泥堆砌的建筑，世界变成同一个面孔……

这个时候，人类是幸福的还是痛苦的呢？无法想象。

上大学时，我曾专程去过四道沟古遗址，穿过铁丝网进入遗址内，几座矮小的坟茔上面长满荒草。我的脚步很轻，怕惊动了地下的灵魂。站在古遗址中央向山谷方向看去，那是秋天的下午，幽深的山谷向世界更深处而去。再回首，东城古镇，夕阳正在落去。夕阳中的东城异常清静。

三千多年前的古人是如何在这里生存的，他们是种地，还是游牧？还是跟现在的东城人一样半农半牧？他们与密林深处石人子沟崖壁上的岩画有什么联系？他们与大石头草原上的石人有什么关系？那么，三千年前东城又是什么样子？这些游牧人从哪里来，又去了哪里。除了这片遗址，在其他地方还有他们的遗迹吗？

我这样漫无边际地思考着，夕阳明亮的光线撒在古遗址上。晚风缓缓地吹过来，秋天的风很凉，一会儿工夫，世界就暗下来，古遗址被一层青灰色的暮霭覆盖着，安详而宁静。三千年前的古人就在这方土地上安眠了，他们送我踏上归程，使我回到自己的生活里。

事实上，我写这篇文章，是希望我的家乡、政府部门和乡亲们能把古遗址，也包括其他的古遗址遗物保护好，待适当的机会由考古学家进行发掘清理，了解三千年前四道沟古人类的生存状况。或许，这些点滴的物件还包含着丰富的久远的文化信息。这些信息恰好能证实，或解密某个历史片段或空白，使后人能更加清晰地了解古人。这一点非常重要，温故而知新。现代人类的许多思想都能从古人那里找到根源。

我正在这里谈论人类文明的时候，南半球的人们已进入梦乡，世界就是这样。

井

世上井有多种,有水井、油井、盐井、煤井,还有各种矿井。历史最长的,当是水井。

水井也有多种,有普通水井、坎儿井、机井等。其中普通水井历史最悠久。机井,顾名思义,就是机器打的井。也有人工挖掘的,井身大且深,主要用于农田灌溉。关于坎儿井,历史考证争议较多,后面再做介绍。

一

普通水井,与人们的生活最近,历史最长,分布最多,也最广泛。当然,最早的水井是什么时候出现的?无从考证,民间传说也不一致。

水井本来普普通通,因与人类生活息息相关,演绎了不少神奇的传说,几千年来代代相传,就增添了一份文化意味,也让普通的水井有了几分灵气,甚至充满了神秘色彩,有的记入地方志书，有的被文人墨客吟诗作文。唐代大诗人杜甫有"夜醉长沙酒，晓行湘水春"的佳句，长沙酒就是《长沙府志》所载的由白沙井泉水酿造的酒。

在河姆渡文化遗址考古发掘中，工作人员发现了木架方形井，说明距今七千年前，河姆渡人已经熟练地掌握了挖井技术。

流传最久的是湖南的"胭脂古井"。传说舜帝巡视江南，崩于苍梧之野，娥皇、女英千里寻夫，一路来到韶峰以南，在山间一口泉井边，以水为镜略略整妆，准备前往九嶷陪伴舜帝之圣，因为悲伤不慎将胭脂掉落井中，使古井至今殷红。"胭脂古井"也因此成为一处风景名胜，被誉为韶山八景之一。

民间传说流传最广的是南宋济公和尚神通运木的古井。至今，在西湖净慈寺里，还保存着济公活佛当年为重建寺院留下的最后一根木头。据史料记载，济公生于宋高宗建炎四年（1130）或绍兴十八年（1148），卒于宋宁宗嘉定二年（1209），俗名李修缘，号湖隐，天台永村人。他出身世家，从小喜欢释道二教，父母双亡后，舍百万家财而不顾，毅然出家，求佛问道，最后在杭州灵隐寺受戒，法号"道济"。济公善施好助的故事家喻户晓，深受百姓爱戴。实际上，济公学识渊博，善诗文，出语诙谐，是一位度化人间的得道高僧，受到后人的敬仰。

更神奇的是甘肃武威的"雷公古井"。这口古井是人们从出土"马踏飞燕"的汉墓中发现的,后来又出现了一个极奇特的现象:一名工作人员不小心将1元钱纸币掉入井中,竟然放大到100元纸币那么大。事情越传越神,给古老的雷台笼罩了一层迷雾。这是跨越千年的巧合,还是古代能工巧匠智慧的体现?

经过专家实地测量,发现井的开口处、井中部和井底的直径各不相同,呈腰鼓状。由于这口井是喷泉式的井,井内相对较冷,在泉水喷涌过程中,井底中央的空气密度相对较大,而周围的空气密度相对较小,这样一来,很巧妙地形成了一个天然的空气透镜,从而有了使物体放大的效果。但这仅仅是一种推测。由于测量工具及技术手段有限,还无法进行科学合理的计算。专家们还有一个解释,就是视觉误差。如《两小儿辩日》中,两个学生问孔子关于早晨太阳大、中午太阳小的问题。太阳与地球的距离是相对固定的,实际上是视觉误差。造成上述问题的主要原因是:早晨有树、房屋这些参照物,而中午的天空白茫茫一片,没有参照物。针对这两种解释,到底哪一个更科学更合理,目前还没有准确的答案。但是我们必须相信,这一定不是什么鬼神现象,将来一定能用科学的方式来测量,来解密。

二

关于古井，不仅存在一些神秘传说和神奇的现象，它还有一些鲜为人知的历史。

据报道，2002年在湘西龙山县西水河畔发现一座距今二千二百多年的战国里耶古城遗址，遗址内有三口保存完好的古井，其中一口井被专家誉为"中华第一古井"。从井内出土了近三万枚秦简，数量超出了20世纪全国出土秦简的总和，是继发现秦始皇兵马俑后秦代考古史上的又一次惊世大发现。据专家推测，这是一口被废弃的生活用水井。井下秦简并未采取任何特殊防腐技术，之所以能保存这么多年，主要是因为"一号井"井壁用十五厘米的木板榫卯结构嵌砌而成，隔离空气效果好。井底淤泥将简牍包裹起来，形成一种还原环境，而不是氧化环境，从一定程度上阻止了化学变化，巧妙地保护了竹简，千年不腐。

考古专家通过对1996年长沙走马楼古井出土的十万枚三国吴简进行对比，发现吴简是成捆摆放整齐的，而里耶古城"一号井"出土的秦简十分凌乱，还夹杂了大量的废弃物。专家们推测，吴简估计是有意窖藏于井中，而里耶秦简可能是战乱时来不及销毁，仓促扔进水井，无意中保存下来的。

另外，考古专家在南越王宫遗址考古中发现一口古砖井，从中挖掘出一百多枚木简。后经专家考证，这些木简是南越国王宫中的纪实文书，也就是当时的王宫档案，它们的出现填补了南越国和岭南地区简牍发现的空白，遂将这些木简称为"岭南第一简"。木简文中出现的"陛下""公主""舍人"等官职名称，进一步证实了史书中关于南越国割据一方举国称帝的历史事实。

三

井为人们提供了生命所需的水源，它也蕴藏了古代劳动人民的智慧。

20世纪60年代，人们在广东南澳岛的海滩上，发现一口古井。人们发现，尽管古井经常被海浪海沙淹没，但古井中的水却甘甜爽口。

据有关专家分析，雨水降落海滩地表，部分渗入地下，古井地势较低，在重力作用下渗入地下的水便向古井处汇集。一旦井露，地下水便有了出口，在水位差的压力作用下，就会形成泉涌。由于沙的孔隙中水质较稳定，淡水和海水混合较慢，又因为海水比重稍大于淡水，所以淡水可以"浮"在海水表面。有人用水质纯度测量表测量，发现古井水的电流是80微安，当地饮用的自来水的电流是85微安，也就是说古井水比自来水还纯净。消息传开，一下吸引了本县，乃至潮汕、广州等地许多人不辞劳苦前来观赏、品尝，也有人取水带回家冲茶或珍藏。据说此水贮存十年不腐，实在令人难以理解。

据民间传说，元军大举入侵南宋时，风雨飘摇的南宋王朝的几个忠孝臣子护送宋少帝赵昺仓皇南逃，在南澳海滨驻扎，挖掘了水井供小皇帝使用。60年代有位捞虾的青年曾在古井的石缝中捡到四枚宋代铜钱，分别镌刻了"圣宋元宝""政和通宝""淳熙元宝""嘉定通宝"。这到底是古人的智慧之作，还是天缘巧合？然而，海滩的甜水井确实体现了一种科学和智力。

四

坎儿井——穿越荒原的一道亮丽风景。

被誉为"地下运河"的坎儿井，与万里长城、京杭大运河并称为"中国古代三大工程"。坎儿井是一种结构巧妙的特殊灌溉系统，它由竖井、暗渠、明渠和涝坝（一种小型蓄水池）四部分组成。竖井的深度和井与井之间的距离，一般都是愈向上游竖井愈深，间距愈长，三十米至七十米；愈往下游竖井愈浅，间距愈短，十米到二十米。暗渠的出水口和地面的明渠连接，可以把几十米深处的地下水引到地面上来。

关于坎儿井的起源，流传着三种说法：一是中原传入说。说是汉朝的"井渠法"沿着丝绸之路传入新疆。二是国外传入说。这种观点认为，坎儿井是在17世纪由波斯（现伊朗）或中亚传入新疆的；三是自创说。这种说法认为，坎儿井是世居吐鲁番的当地劳动人民在发展农业生产与干旱做斗争中，经过实践逐步创造而成的。

据《史记·河渠书》记载，公元前109年，汉武帝采纳庄熊罴的建议开凿龙首渠，引洛河水灌溉大荔平原。由于傍山的渠岸经常崩塌，庄熊罴带人测出渠道的路线，沿线隔段凿出直井，然后从地下把直井全部挖通，连成一条地下渠道，叫作"井渠"。这种被称为"井渠法"的引水技术后来随着丝绸之路传至西域。

井渠与坎儿井虽然都是地下暗渠，但在取水方式上有一定区别。陕西井渠输送的是地面水，而坎儿井是开发利用地下水。

近年来，在内蒙古鄂尔多斯市鄂托克旗境内发现一处古井群遗址，名为"百眼井"。专家研究发现，它是成吉思汗1226年征西夏时用来解决兵马饮水问题的"坎儿井"。"百眼井"蒙古语称"敖楞瑙亥音其日嘎"，意为"众犬之井"。传说是随军猎犬凭借灵敏的嗅觉在戈壁上寻找水源，成吉思汗命令士兵根据猎犬的发现挖掘出这个多眼井。据考证，这处古井群是利用地下潜流水而开挖的，这种古井与中国新疆和伊朗等地的坎儿井性质原理相同。另外，宋人范仲淹的文集中收有一幅《西夏地形图》，其中记载有十二个驿站，"井"字很多，说明驿站多依井而设。

50年代末，苏联水文地质专家库宁来新疆考察后认为，吐鲁番的坎儿井与中亚、西亚伊朗一带的坎儿井在结构和经营方式上均有所不同。在吐鲁番发现最古老的坎儿井是吐尔坎儿孜，至今已近五百年了，现在仍可使用，日水流量可浇灌二十亩地。

关于坎儿井的名称，维吾尔语称"坎儿孜"，波斯语称"坎纳孜"，俄语称"坎亚力孜"，从语音上来看，彼此虽有区分，但差别不大。

历史上，"坎儿井"一词，最早出现于春秋战国时期。《庄子·秋水篇》中曾有"子独不闻夫坎井之蛙乎"之句。汉代和唐代文书中也有"井渠"的记载。现在，坎儿井在新疆一般都称为"坎儿井"或简称"坎"，内地一些省区叫法不一，陕西叫"井渠"，山西叫"水巷"，甘肃叫"百眼串井"，也有的地方称为"地下渠道"。

从坎儿井的分布上看：新疆吐鲁番盆地是较为干旱的地区，如果坎儿井是传入的，为什么在南疆或甘肃的其他干旱地区，很早以前却没有采用坎儿井呢?

吐鲁番干旱酷热，水分蒸发量大，风季时尘沙漫天，往往水渠被黄沙淹没。而坎儿井是由地下暗渠输水，不受季节、风沙影响，水分蒸发量小，流量稳定，可以常年灌溉。在古代，当地劳动人民在利用泉水灌溉、掏挖和延伸泉水的过程中，发现水渠挖得愈长愈深会形成明渠，易坍塌或被沙埋没。而采用竖井钻洞延深取水，形成地下暗渠，更加稳当。这就是最初的坎儿井。因此说，自创说似乎合乎事物发展的规律，在长期的发展过程中，可能借鉴了外来的凿井技术，使用了相关的工具，包括坎儿井的名称。

从历史条件看，吐鲁番在汉唐时期就是欧亚交通的要道，政治经济文化交流的要地，具有政治军事上的重要意义。吐鲁番地区气候干旱，地面水源非常缺乏，但却蕴藏着丰富的地下水源和充沛的天然泉水，是农业发展的理想地区，不但可以种植粮食、油料作物，而且能发展棉花、葡萄、瓜果、蔬菜等经济作物。无论是中央政府及地方发展，还是东西方文化技术的传入，对坎儿井的形成均起到了重要的作用。

关于坎儿井的形成和起源，专家们还在进一步研究论证。虽然历史资料的缺乏给考证工作带来了困难，但是，对于坎儿井到底是由谁发明的这个问题，与坎儿井对于生产生活和生态环境，对于当前乃至今后的现实意义还是十分重大的。往往有些时候我们喜欢把历史抱在怀里，又抛在后面。就像以前我们正抱着"四大发明"沾沾自喜的时候，西方人顶灯夜战，将我们无情地甩在了历史的后面。

在中国历史上，坎儿井得到大规模发展是在清朝。清政府的倡导和屯垦措施的采用，使坎儿井在天山南北广泛普及。清末因禁烟遭贬的民族英雄林则徐来到新疆时，对吐鲁番的坎儿井大为赞赏，为发展农业，他又对坎儿井进行了推广，他带领民众在伊犁地区修建成一条"龙口水渠"，这条水渠也被人们称为"林公渠"。六七十年代，新疆各地进一步推广了坎儿井。

必须肯定，在历史上坎儿井对吐鲁番、哈密盆地的绿洲形成和农业生产发展发挥了极大的推动作用。根据60年代的一份调查，新疆地区有坎儿井一千七百多条，灌溉面积近五十万亩。吐鲁番地区有坎儿井一千一百多条，灌溉面积近四十七万亩，占吐鲁番盆地耕地总面积的67%左右。

近些年来，随着当地经济的发展，投资少、效率高的机井，逐步取代了造价高、维护难、使用率逐步下降的坎儿井。目前，吐鲁番地区可利用的坎儿井七百多条。并且，由于石油开采钻井范围的扩大，坎儿井也面临着被污染的危险。好在现在从国家到地方对生态和环境的认识逐步增强，对坎儿井有特殊感情的吐鲁番人还成立了"坎儿井研究会",组建"坎儿井监测站"随时观测坎儿井水位水质的变化。当地人表示:水库要建,机井要打,坎儿井要保护。

前几年,新疆坎儿井研究会出版了一部《新疆坎儿井》,它比较全面地介绍了新疆坎儿井的分布及现状,对于今后如何进一步保护和规划利用坎儿井——这个古代劳动人民留下的珍贵的历史文化遗产,有着十分重要的历史价值和现实意义。

五

木垒草原坎儿井,书写人与自然和谐的乐章。

丝绸古道新北道的木垒荒原地下,清凉的井水在坎儿井常年流淌,源源不断供给往来商旅驼队,滋润着东天山戈壁荒漠独特的游牧文化。

木垒县地处东天山北麓,准噶尔盆地东南缘,县境三面环山,西靠戈壁。东、南、北面分别是蒙罗克山、博格达山、北塔山等,西面是广阔的将军戈壁,地势南高西低,从山地丘陵向戈壁荒漠延伸。境内有白杨河、木垒河、东城河、英格堡河等六条山溪性河流,有庙尔沟、菜籽沟、沈家沟等十六条泉水沟,区域降水偏少,气候干旱。据史料记载,民国二十四年到三十四年(1935—1945)十年间,先后发生四次旱灾。可以说，合理开发利用水资源，对于木垒有着特殊意义。

木垒县境内最早的坎儿井是什么时候挖掘的？

关于这个问题，各种传说不一，大约是二十世纪三四十年代。据《木垒县志》记载，民国三十六年，即1947年，木垒河县维吾尔族副县长吐尔逊·赫里诺夫雇请鄯善县农民在木垒县雀仁草场开挖一道坎儿井，用于解决牧场人畜饮水问题，坎儿井开掘技术传入木垒。五六十年代，各乡镇挖掘坎儿井四十多条，尤其以雀仁、大南沟、大石头、博斯坦、白杨河等乡居多，东城、新户等乡也有部分。20世纪60年代以来，丰沛的坎儿井水，让昔日的戈壁荒漠变成了万亩良田、戈壁绿洲，野生动物在其上奔跑栖息，水鸟展翅高歌，鸣唱出人与自然的和谐乐章。

据调查，木垒县境内分布的坎儿井有七十七条，是北疆地区坎儿井分布最密集的县区。目前，还能使用的有十七条，其中草原坎儿井已成为AAA景区。距县城北四十公里的芨芨湖坎儿井，又名阿克喀巴克1号坎儿井，是全国唯一的由乌孜别克、哈萨克、维吾尔、汉等民族共同开挖的团结井。

距县城北三十公里的照壁山乡阿拉苏村，有一条草原坎儿井，当地人叫阿拉苏坎儿井，村民吐尔逊一家人默默守护三十四年，书写了"十里暗流声不断，一代接着一代干"的感人故事。三十四年前，吐尔逊一家搬到阿拉苏村，坎儿井早已塌陷，没有水，生存遇到困难，他不等不靠，带领全家清理竖井和暗渠，经过一个月的努力，坎儿井终于出水了。自此以后，他就承担起看护坎儿井和村上两万七千亩草场的责任。坎儿井暗渠长四公里，竖井深九米，每十米一个，一共四十六个竖井，每年春秋季节各维修一次，保障附近草场人畜饮水。现在，阿拉苏坎儿井已成为县级文物保护单位。他的儿子也学会了坎儿井的维修技术，成为文物保护员。

戈壁荒原上的坎儿井，不仅仅是牧区人畜饮水的唯一水源，也是黄羊、蓑羽鹤等野生动物的生存水源，并且对草场植被恢复也有着重要的意义。

县城北戈壁有四十多条坎儿井，建成以来就是农田灌溉与牧民、家畜及野生动物的主要饮水源。随着时间的推移，大部分坎儿井干涸塌陷了。县政府投资一百二十多万元，历时两年对七条坎儿井进行维修保护，干枯的坎儿井再次淌出了汩汩的泉水，确保了2200多名牧民、5万头牲畜的饮水及一千四百亩天然草场的灌溉，被牧民誉为"生命之泉"。现在，成群的黄羊在这里自由饮水，上万只蓑羽鹤迁徙归来，那场景非常壮观。牧民们开心地说："坎儿井的水是山上的雪水，又经过砂石过滤，是天然的矿泉水。"

近年来，县政府加强对坎儿井的保护，进一步发掘坎儿井深厚的文化资源和底蕴，创建了木垒草原坎儿井旅游文化景区，分博物馆，地下坎儿井体验区、购物区，地上坎儿井游园几个部分，结合木垒坎儿井的历史和现实风貌，采用国内先进的博物馆展示理念和现代声光电技术，景区优良的生态环境、奇特的古代水利工程景观和多层次的游览内容，与鸣沙山、胡杨林景观融为一体，成为木垒草原文化的一张旅游名片。

六

井是人类生活的重要依靠，它也包含着丰富的文化内涵。

近年来，随着自来水的普及，"水井"将成为一道消失的风景，也可能成为一个被历史尘封的名词。但是，这个与人类几千年息息相关的事物将给我们留下美好的记忆。提到井，我时常想起故乡的水井。

我的家乡东城山村水井非常多，坎儿井、机井都有。坎儿井大约是20世纪60年代挖的，就在红山嘴下，游神庙东北面，河谷地带一块平整的水浇地下。坎儿井井渠成南北走向，长百余米，南面有一个竖井，一米多深，井底往北有一条渠道，五六十厘米宽，六七十厘米高，直通北面的出口。我小时候曾经钻过，井底只有一丝细流，一同放羊的白大哥年纪大，他先钻了一次，从南面下井，几分钟后就从地下钻过，从北面竖井出来，我觉得挺神奇，跟着钻了一次。一个人走在黑黢黢的地洞里是一件恐怖的事情，地洞里凉飕飕的，脚下有一丝水流，猫着腰走，肯定走不快，好在只有一百多米，不一会儿就到了出口。见到亮光是一件快乐的事情。后来我想起来也挺害怕的，要是突然暴发山洪，那该咋办。

机井是70年代打的，实际上它是一定历史阶段的产物，对当地农业生产并没有发挥大的作用。那时的机井还有几口可用，但坎儿井几乎没见到使用。不是坎儿井本身无用，而是这个地方的农田地势使它无法发挥作用。真正起作用的，与人们生活最密切的，还是水井。

小时候，印象中我家的水井是最好的。说最好是因为它水多，长年不涸。这口井很简易，井深不到十八米，井口用四根大圆木榫卯搭起，呈"井"字形。我最初认识"井"字，就想到这口井，非常形象。这可能是古人造字后，最没有大变化的一个字了。可能是古人造井的最初方式，四根横木作井口，呈"井"字形，从井口取水，安全，稳固，耐用。尽管以后出现了大理石、花岗岩及砖砌的井，但均没有突破"井"的原理。这不能不说是古人的一种智慧，更是一种文化哲学。

据父亲说，我家那口井是解放初搞互助组时，由周围几户人家共同出资挖的，可以算是股份井，非我家独有。只是井在我家院落西边，基本上是由我家来管理的，因而当地人习惯叫"谢家井"。这口井从建好那天起，就承担了一方人的吃水问题，夏天水位高，距井口不到四米，冬天水位稍低些，距井口也就是七八米。

生产队那会儿，一到冬天，周围两个生产队的两三百头牛马也喝这口井里的水。井边有一大木槽，每天早饭后，就有饮牲口的人在辘轳上提水。有时深冬季节水量少了，还要再掏一下井，把井底沉积的泥沙清理出来，让泉眼渗水更快一些。

后来，周围的邻居们在自家小院陆续打了井。但奇怪的是，每年冬天，只有这口井的水最充沛。并且，住在几公里外的沈家沟的部分居民，也赶上毛驴车来我家拉水。通常，辘轳上的井绳是我家的，一年四季磨断多次，但从没有丢过。有时，我们用过之后，将井绳放在我家大院门旁，周边的人都熟悉，来打水时自己拿了就用，然后再放回原处。有时，远路上的人忘了带井绳，也会向我们借用。一口井联系着千家万户的生活，一条井绳维系着乡土朴素的风尚。

七

井，作为一个事物，几千年来一直是人类生活的重要依靠。作为古人的创造发明,井在长期的历史演变过程中,凝聚了不同地域不同时期人类在生产生活中的智慧和思考,具有丰富的文化底蕴,逐渐形成一种"井文化"。井文化也是我们的传统文化和生命哲学的重要组成部分。

然而,在漫长历史进程中,井也有一丝悲伤,无意间充当了杀人的工具。三国时,刘备的甘夫人被曹兵追赶,投井而死。清末的贞妃被慈禧逼迫,投入井中冤死。也有普通人投井身亡或小孩无意落井而死的。但这些并没有掩盖井的存在意义和文化内涵。比如,现在以井名为企业名和品牌名出现,如古井贡酒、水井坊等等。以井为姓的人家始终繁衍着。许多地方均有以水井为名的村落、街巷或路段。有一部电影《老井》,反映了黄土高原上的老百姓祖祖辈辈打井所演绎出的一段故事。

其实,"井"字透射的是更深刻的思考。所谓"井"就是四平八稳,既符合力学,又符合中华民族朴素的审美思想。

井,仿佛一个耄耋老人,从历史深处走来,又向历史深处走去。它曾经给人类带来了幸福生活,也给予今天的人们一种深刻的思考和美好的想象。

记得作家尤今有一篇美文《古井》,里面有一段话:"有一类人,像古井。表面上看起来,是一圈死水,静静地,不管风来不来，它都不起波澜。路人走过时，都不会多看它一眼。可是，有一天，你渴了，你站在那儿，掏水来喝，这才惊异地发现，那口古井竟是那么地深，深不可测；掏上来的水，竟是那么地清，清可见底；而那井水的味道，甜美得让你魂儿出窍。才美不外露，已属难能可贵；大智若愚，更是难上加难。"

第七辑 古庙记

东吉尔玛台之谜

几年前,我受相关方委托策划《木垒县东城古城复原工程方案》,过程中查阅了大量的历史文献资料,写了一篇《木垒东城:清代北疆屯垦首埠之地》,发表在《新疆日报》等后,被一些报刊转载,引起许多专家学者的关注。

关于东城最早的屯垦历史,是史学家和学者们研究的事情,而我却始终好奇,也有特殊历史渊源。可以说,我是东城晚清民国移民后代,打小听说了许许多多有关移民和屯垦的故事,遂促使我写了一些反映那段屯垦历史和本土文化的文章。而东城屯垦的历史却并不是那么简单。

据史料记载,唐朝征伐西域时,在木垒地界筑有独山守捉城(今破城子遗址),唐军为补给军队粮草,沿途驻军屯垦。清代东城屯垦的历史,最早可以追溯到康熙时期,朝廷平定准噶尔叛乱,沿途屯垦补给粮草。雍正年间,宁远大将军岳钟琪筑木垒城,马场窝子曾经是重要的军马场。乾隆年间,朝廷在东城筑东吉尔玛台城，从内地迁移户民、流民、犯民，安置屯垦戍边，史册中有明细记载。据老辈人说，乾隆年间最早的屯民来东城时，在四道沟、沈家沟、松树庄子一带的坡梁地上都发现有耕作痕迹。

木垒东城古镇是丝绸古道新北道上的重要驿站，它因东吉尔玛台城堡得名。吉尔玛台，是蒙古语，史料上也写作"济尔玛泰"，意思是有小鱼的溪流。自清代以来，东城就有东吉尔玛台屯、东吉尔玛台渠、三屯庄子、东吉尔等不同叫法，每种叫法又包含了特定的历史意义。东吉尔玛台屯时期，东吉尔玛台巡检司负责东、西吉尔玛台和木垒河粮草收缴；东吉尔玛台渠时期，东吉尔玛台巡检司负责东、西吉尔玛台及英格堡、木垒河等五渠的粮草收缴；三屯庄子是东城屯田鼎盛时期，奇台以西的人们对东吉尔玛台的一种叫法；东吉尔是晚清至民国时期官方的叫法；而东城这个称呼，自奇台城堡建成以来就成为民间最通俗的叫法。新疆和平解放后，东城曾叫西宁区、上游公社、东城公社、东城乡、东城镇。由此可见，"城"在这片古老土地上的特殊意义。

东城古城堡在清代屯垦史上具有非常重要的意义，其历史文化价值很高。

东吉尔玛台是清中叶北疆最早的屯田之地。东城这块地方土质肥沃，适合种植，屯田的历史最早可以追溯到汉唐时期，史书中均有记载。乾隆二十二年（1757），清政府平定准噶尔部，完成了天山南北的统一，开始沿新北道修筑城堡，"驻军屯田、以边养边"，东吉尔玛台屯田伊始。

东吉尔玛台屯，最初是绿营兵耕种，叫军屯，每个屯兵给二十亩地，每三个人一副农具、一匹马或一头牛。农具包括犁铧一张、铁锨二把、锄头一把、斧头一把、镰刀二把、锄头一把、撇绳一根、搭背二副、缰绳二根、拥脖二副、弓弦五根、肚带一根，主要种植豌豆和小麦，也有胡麻和菜籽。后来迁来了内地民户耕种，叫民屯，每户认耕三十亩地，配一副农具，借给一匹马或者一头牛。也有押送来的犯人耕种的，叫犯屯，每三人借给一匹马或者一头牛，配农具一副。随着屯垦民户不断增多，屯垦面积不断扩大，屯垦管理日益复杂。朝廷见兵屯费用高，逐步转变为民屯。

乾隆二十四年（1759），清政府在东吉尔玛台设巡检司，负责东吉尔、西吉尔、木垒河等地的粮草收购仓储。东吉尔玛台巡检司是清政府在木垒地区最早设置的地方官，也是唯一的。随后，东吉尔玛台发展成北疆第一屯区，辐射北疆，开启清代北疆屯垦时代。

东吉尔玛台城是清政府在北疆最早的驻军屯田城堡。清政府人员于乾隆三十五年（1770）绘图上报朝廷，乾隆三十七年（1772）开始施工，第二年建成东吉尔玛台城堡，官方也称作木垒城，驻马兵、步兵、屯垦兵共300余人。因为东吉尔玛台城在奇台城的东面，民间称之为东城。

东吉尔玛台城具有典型清代军事城堡特征，古建筑群丰富多彩。古城坐落在东城河左岸，是一座周长二百四十丈的方城，东西南北四面城墙长六十丈，南北各开一座城门，城楼下有吊桥。城墙高五丈有余，夯土筑成，坚固厚实。四角有角楼，墙上有射击孔等防御设施。城北有三座高墙大院的屯庄，呈品字形分布，墙高三丈，夯土筑成，像三座卫城护卫着东吉尔玛台城堡。

东城古镇有七座庙，城南三里西河坝边的游神庙，城东南三里四道沟的土地庙，城东北角的寄骨殖庙、娘娘庙、财神庙，城西北角的关帝庙，城正北方向的老君庙，形成了"一城三庄七庙"的独特古镇。

东吉尔玛台是清政府在北疆最早实行乡约制的垦区。早在乾隆三十一年（1766），甘陕总督吴达善上书朝廷《木垒安户章程》，实际上就是以东吉尔玛台为中心形成的屯民安置及里、甲两级管理。乾隆三十四年（1769），清政府裁撤兵屯，全部实行民屯，在东吉尔玛台等地实行乡约制，东城古镇乡村建制开始。《木垒安户章程》逐步向孚远（今吉木萨尔）、昌吉、绥来（今玛纳斯）等地推广，清政府将招募来的大批甘陕屯民分插安置各地，将屯垦推向高潮。远近闻名的三座大屯庄，民间俗称"三屯庄"，它是二百多年前东城屯田鼎盛时期的象征，也是清代北疆屯垦的一个传奇，随后由盛而衰。

东城古镇完整地保留了甘陕一带汉民族传统文化，这在新疆地区是非常独特的。东城是清代北疆屯田最早的地方，也是汉文化传入北疆的最早的地方，东城古镇古村落是先民创造的奇迹，它在历史演变过程中吸收了新疆地区的文化，形成了独特的文化体系，比如生活习俗、饮食文化，以旱地小麦面食为主的面食文化，鹰嘴豆、土豆、白豌豆特产文化，以甘陕方言为基础、吸收少数民族语言，夹杂着晋、平、津商客话形成的地方话，被学者们称作兰银官话，也称老新疆话，语料丰富且底蕴深厚，是值得挖掘的文化宝藏。

东城古镇最具西北地方特色的，是古色古香的拔廊房民居建筑。这种独具西北汉民族风格的民居建筑，体现了人们适应当地特殊的山区地理环境和雨水多的特点，采用拉长屋檐的长廊方式，冬暖夏凉，遮阳挡雨，保护门窗木质构件，也是对地域民居文化很好的保留。

前些年，木垒县有七个村的拔廊房入选中国传统村落名录，拔廊房建筑技艺入选新疆维吾尔自治区非物质文化遗产代表性项目。县政府出台了传统村落保护条例，对传统民居进行保护性修复，先后对六百多座拔廊房民居进行分等级挂牌保护，着力打造西部独特的乡土文化和屯垦文化特色的乡村文化景观。

四道沟分水梁之谜

东城古镇，最早的人居历史可以追溯到距今三千年左右，有四道沟古人类遗址遗存为证。最早的农耕历史，也是那一段时间，考古人员于遗址发现了黑麦种子，证明此地古人种麦的历史也有三千年左右时间。此后，人类活动断断续续，汉唐以来的屯垦或耕作也未间断。自清乾隆年间开始修城筑垒，屯兵屯民的历史已经超过二百年，同治年前已发展成为丝绸古道上的繁华小镇，距今已有一百六十多年。

沿着丝绸古道新北道，出哈密一路向西，过巴里坤草原，翻越东天山，穿过色皮口峡谷，掉头向东，过博斯坦荒漠、大石头戈壁滩，穿过白杨河谷，就到木垒河，沿着咬牙沟向东行十来里，就到东城口驿站，转头向南行六七里，就到东城古镇。东城口驿站北面是一望无际的大戈壁，南面是巍峨的东天山余脉，西面是蜿蜒的东城河谷，河谷西面是绵延起伏的碉堡梁，东面是宽阔的四道沟沟谷坡梁，整座古镇坐落在两面河沟中央台地上，地势南高北低，相对平坦。

我实在想不明白，二百多年前，清朝政府为啥要在此处修建城堡？

据官方资料和相关文献，唯一可以解释的理由，就是丝绸古道，东吉尔玛台是古道重要驿站，东吉尔玛台城是负责西吉尔以东五座屯区的管理中心。

然而，民间却有另外的说法，一说是唐朝的将军追击突厥，曾在此地驻扎补充粮草；一说是蒙古大军经过时，对东吉尔玛台的地势非常感兴趣，曾在深山里埋藏了宝物。还有更神乎的，说是龙王爷的小侄子犯了天规，被贬到此地掌控水道，他发现洪水肆虐，良心发现，就将河道分流，确保一方平安。

小时候听老人说，民国三十五年（1946）夏日突发大水，东城古城安然无恙，因为这是一块风水宝地。我总觉着是迷信说法，不足为信。

一次，听村里一位老人说，东城这地方，有好风水呢，东南西北有四大灵兽守护，老古人在镇上建下七座庙，呈北斗七星状，洪水猛兽都避着走……

他说的这些，之前也听人说过，认为都是传言，而他说的关于四道沟分水梁之事，我半信半疑。

高三那年，我跟几个朋友登上红山嘴，眼前的情形让我大吃一惊。

正值初夏，东城河谷流淌着清澈的河水，四道沟坡梁直抵山口，有一股溪流从坡梁东边徐徐流淌。突然想起了都江堰，虽然没有去成都亲眼看过，但是，它的原理我从书本上了解过，不禁惊叹，这是一座天然的都江堰。

此次发现，证明了老人们之前说过的话——但凡春天洪水暴发，东城河水量过大，就会有部分洪水分流到四道沟，沿着宽阔纵深的沟壑流入下游河谷，最后流入戈壁滩。后来我到成都旅游，目睹了都江堰——这座两千多年前的伟大水利工程奇迹，再一次验证了东城四道沟分水梁的神奇，真乃大自然的杰作。这神来之笔，不经意间护佑了东城古镇千百年。

关于风水，之前我认为都是迷信，后来才对风水有了些了解。风水毕竟是中华古老文化的一部分，应该有其合理的一部分。

风水，实际上是包含了地理、地质、星象、气象、建筑、生态及人体生命信息等诸多学科的一种朴素的自然学科。中国古代过于迷信，甚至神话，认为风水大师有通灵之术，踏勘阴宅、阳宅神准无比，奉若仙人。现代风水学既注重建筑的"形"，也重视建筑的"神"，追求形神兼备。"千尺为势，百尺为形"是指的"形"，而"四神砂""乘气说"所指的是

"神"。它们之间相辅相成，构成了中国东西南北中各具特色的城市建筑风格。所谓的"神"，实质是追求建筑与自然的融合，达到"天地人"的统一，追求宇宙创造生命背后之"谜"、追求地球颐养生命的规律和生命本身的运行规律相一致。

中国古代建筑风水学历史悠久，博大精深，既有效结合自然环境，又能很好地融入环境，达到天人合一的环境生存空间，把建筑和生态环境紧密结合在一起，为我们赖以生存的环境起到重要保护作用。

我对古人的智慧感慨万千。三千年前，处在氏族公社的四道沟古人也懂得风水，知道在地势较高的坡梁上居住，有效避开了几千年的洪水冲刷，保存了他们的遗迹。清政府的官员们考察东城河谷地形，也选在台地上修筑城堡。自甘陕迁移而来的屯民，选择在台地上建房居住，形成村落古镇，成功避免了大洪水灾害，使百年古镇得以兴旺。

有一件事我一直没有想明白，四道沟分水梁真是天然的？如果分水梁是天然的，那就说明，古人的生存智慧真的很高。我对四道沟古人类文化遗址的价值更加看重，或许，在不久的将来，它会给我们带来不一样的惊喜。

这时，突然想起东城河谷春天的洪水浪潮的壮观景象了。

每年开春时节,天气日渐暖和,白天阳光直射南山,把满山满谷堆积了一个冬天的冰雪融化,沟沟坡坡的水流顺着东沟西沟山谷汹涌而下,汇集到东城河谷,午后河水渐大,傍晚时分,波涛汹涌的山洪,穿过红山嘴谷口,在四道沟分水梁水分两岔,一部分洪水顺着四道沟谷分流而去,大股洪水沿着东城河谷咆哮而下,通过狭窄河道加速,经过土狼沟、碉堡梁、野狐沟等几个拐弯处的土崖堵截,形成巨大的洪峰,溅起两三丈高的土黄色浪花,蔚为壮观。在远离大江大河的西部荒漠东城古镇,每年一度的洪峰浪潮无疑是一大景观。

每天下午时分,村里的大人小孩都来看热闹,也有人顺便捡一些被巨浪抛上岸的柴火当烧柴。不过,在河岸上捡柴火是非常危险的,汹涌的洪水冲刷着塌陷的土崖,翻滚的巨浪发出轰鸣之声,似吞噬着万物,令人不寒而栗。

洪水季过后,河谷恢复平静,溪流淙淙,岁月安详。

三屯庄之谜

在民国之前,东城古镇庄户不多,人口不密,人烟主要集中在古城附近。当地人流传一个说法:东城堡,二百年,皇上修了屯堡城;三大户,八小户,二十四个毛毛户。

这三大户,即三座高墙大院的屯庄,与东城古城堡有何关联?

据老辈人说,古镇上的周谷尤三姓大户,都是清朝乾隆年间从河西迁来的,周谷两家是甘肃凉州的,周家祖上是最早的军屯,谷家是朝廷迁移的民屯,尤家祖上是陕西发配来的犯人。自清乾隆至民国一百多年,三大家族逐渐发展壮大,成为古镇巨富,建起了屯庄大院。

尤家屯庄,在东城古城堡西北面,三丈高的夯土墙围成长宽约二十四丈的高墙大院,正南面开一道紫红色大门,宏伟气派,在当时可谓豪富之家。走进屯庄大门,里面是两进院落,都是墙高屋阔的房子,碗口粗的椽子上,铺着整整齐齐的松木板，门户窗棂皆是红松木料，材料结实，窗花雕刻做工精致，白石灰粉刷的墙面，紫红色的门窗和房廊橡柱，整齐而别致。穿过院落中间青砖铺地的走道，踏上两级青石台阶，通过上房廊檐进入屋内，屋内摆放着紫檀家具，豪华又气派。

谷家屯庄，在东城古城堡正北面，高墙大院坐北朝南，比尤家略微小一些，浅红色大门，里面是三进院落，整整齐齐的拔廊房，粗实的红柱子顶着结实的房廊，橡子檩子都是上好的松木材料，塔板整齐划一，屋檐出水镶嵌了青灰色砖瓦，看上去非常独特别致，门窗雕花也很考究。上房摆设都是老黄花梨木家具，磨得铮亮，看得出经年的富贵光阴。

周家屯庄，在东城古城堡东北面，高墙大院，非常阔绰，在东城地界上最是鼎鼎大名。大院坐北朝南，大门不在院落南墙的正中，而是特意偏向东面，接近东南角的位置上，风水上称之为"抢阳"。走进大院，一条南北通道分布着几个院落，道边有三棵高大的槐树，古朴而苍劲，旁边还有几棵柳树，枝繁叶茂，绿荫婆娑。这些树都是成年汉子一抱子抱不住的大槐树大柳树，棵棵挺拔旺势，那主干快超过高墙了。东面是一个建筑规模宏大的院落，一排整整齐齐的拔廊房，朱漆廊柱，青石柱基，屋檐用青砖灰瓦装饰，窗户刻有精巧的窗花，门口是三层台阶，门廊上有一块金边蓝底装潢精美的竖匾，那匾上刻着两个遒劲的大字：古风。这是周家的上房，布置考究，都是名贵的紫檀家具，非常精致气派。

北面的院落是庄主老爷的住所，与东面院落形式结构大致相近，清一色拔廊房，规格稍微低一些，雕梁窗花也简洁一些，门口二层台阶。门廊上刻有福禄寿三星，左边禄星，右边寿星，福星居中，和蔼慈祥。屋子里清一色的黄木家具，是上好的黄杨木。对门靠墙的案几上摆放着一尊财神，白面黑须，锦衣玉带，左手捧一个元宝，右手拿着"财神进宝"的卷轴。东西厢房是太太和姨太太的住所，门上都有一块木刻的麒麟送子图。大太太的东厢房，土炕上铺一张华丽的地毯，是骆驼客从吐鲁番或和田那边驮过来的精致之物，值好几石麦子。上面一幅松鹤图，绿茵茵的松枝，九只仙鹤或立或行或鸣或翔，活灵活现，恍如活物。

再往北面的院落，是儿女们的住所，屋舍比前面院落简朴一些，依然是高墙大屋，木料方正门窗齐整，远比平常人家华贵得多。西面一大排没有窗户的简陋平房，供长工、短工、佣人等居住，再往北面是牛圈、马圈、草料房、仓库、烧坊等。

最特别的，是周家屯庄的院落水道布局，所有大树周围都有树坑，由低洼渠沟相连，各院落都有一个低洼渠道，与后院的菜地花池连通，春夏的雨水很快顺着渠沟水道排入后院菜地。这院落居然暗藏一幅太极图，前后院落沿着南北通道分布，两口井恰好处在双鱼的眼睛部位。

三姓大户是如何发迹的？

老人们说，周家发迹靠的是军功。周家祖上是跟随抚远大将军岳钟琪平叛的官兵，因为受伤留守东吉尔玛台成为巡检司，虽是九品小吏，可掌管着五个屯区的粮草收购，在地方上拥有相当实权。依官方资料，周氏家族家业不断做大，成为一方豪族大户，修建起高墙大院的屯庄。谷家当初是举族迁来的，初到古镇就是最大的屯户，谷家人口多，分配的土地多，几年后，逐渐做起商铺酒肆作坊。谷氏家业兴起，开始与古城子的商户和官僚交往，实力渐大，修建屯庄大院，成为能与周家抗衡的地方大户。尤家祖上是犯民，地位虽低，却有独到的经营之道，他们充分利用古道交通优势，办起车行拉货行商，家业兴旺起来。据说尤家祖上在贩运途中发了笔意外之财。这笔横财让尤家一下子站起来，在古镇上立起钱庄，还有烧坊、磨坊、粉坊、药房等店铺，自此，尤家也成为能与周谷两家叫板的大户。

古镇上的三姓大户,到底谁家实力最大?谁家更有钱?

有各种比较,也有各种说法,都不一样,每一个时期都不一样。老人们说,想知道古镇上谁家的穷富,闻一闻人家烟囱的烟味儿就知道。那高耸的大烟囱飘出松香味儿的缕缕轻烟,定是周谷尤三家大户,人家灶膛里烧的,都是整整齐齐的松木劈柴,燃烧时火焰红亮旺盛,不时发出噼噼啪啪的脆响。

每年秋收之后,翻好歇地,压好冬麦,三家大户的长工就带上整包的馍馍,赶着牛车一大早出发上山拉木头,壮耕牛拉着铁钉木轴辘车从车路梁上去,到了山沟里,砍倒枯死的松树,砍去枝蔓锯成几截,落日之前,整车整车的木料晃晃荡荡拉下山来。天长日久,车路梁上就撵出一道道车辙,人们习惯性地把这块地叫车路梁。那些整节的大木料拉回屯庄,能做材料的就留下,其余的用长锯截成二尺长的木墩,长工们光着膀子抡起开山大斧,将木墩劈成劈柴,码成一人多高的柴垛,供烧坊、伙房使用,穷人家哪有这等排场。

那烟囱里冒着苦涩味道的白烟的,定是小户人家,那灶膛里烧的杨木柳木榆木劈柴,是河沟里歪曲溜巴的孽柴,大户人家看不上,小户人家赶着驴爬犁刚好拉上。那些烟囱里冒着刺鼻呛人的黑烟，还伴随着火星的，一定是毛毛户人家，那灶膛里在烧黄刺红刺蒿子草之类，因没有牲口进山拉柴火，只能在附近山坡上用镰刀割锄头刨，拾掇回来做烧柴过日月……

乡 约

乡约制度是中国古老的乡村管理制度，从唐宋延续至明清，体现了"出入相友，守望相助，疾病相扶"的理想境界，所谓"德业相劝，过失相规，礼俗相交，患难相恤"。清代新疆的乡约制度有所不同。老辈人说，东城古镇屯垦之初即实行乡约制。

据史料记载：乾隆三十二年（1767），木垒移民二千六七百户，开辟田地八万余亩。陕甘总督吴达善认为，木垒招民开垦，事属创始，虽现今人户无几，而规制必须预立……俾户民各知遵守，而应办一切事宜，亦可垂之久远。他向朝廷上奏一份《木垒安户章程》，建议创设里甲制度。

《木垒安户章程》内容：若非分里别甲，按籍以稽，催科易致纷扰。将来户口丁粮册籍照里甲顺庄开造，以便稽查。里长职责为征收户民初到借支口粮、籽种、牛只等项，并六年后升科粮草……渠长主分配水利，乡约掌劝化乡人，保正主稽查匪类、维护社会治安。政府给以上各人员授予委牌，俾各有职掌，以专责成，以资钤束。该里长等如果勤于劝导，仍照内地例，酌给匾额，以示奖励……

清乾隆年间，东城古镇的乡约由驻防武官担任，当然是拿朝廷饷银的"官"，负责钱债、婚姻、房田、口角细故之类民间纠纷。后来就由民户担任，就不再是朝廷真正意义上的官了，也没饷银。朝廷给乡约专门拨出一份"养廉地"，乡约可以租给民户耕种，收入归乡约作为饷银。乡约就成为不在朝廷官僚体系内的官。

镇西府乡约：藉资催科，互相劝诫。一切水利种植，必取责焉，遇有口角细故，钱债琐务，必关白乡约，量为调处。若有别项大故，禀官究办，必择品行端正，乡望素著者，为之冲放。设有因公科派，遇事生风，立为撤换……

按照朝廷对寺庙管理规制，每座大庙都有五十亩到一百亩不等的庙公地，租给民户耕种，提一部分收入归庙里，主要用于修缮庙宇维持香火等。后来，乡约由地方民户担任，周家是第一豪门大户，乡约最初由周家执掌多年。谷家、尤家相继发家，开始与周家明争暗斗，争夺乡约治权。后来，乡约之职由周谷尤三家轮流执掌。这些地方豪门大户，利用特权扩大养廉地，私自占用庙公地，私自开垦荒地，扩张自家势利，获得巨大的利益。

同治之乱平定后，社会逐渐安定，东城古镇人口回迁。周家屯庄人多地广，良田千亩，很快恢复元气，依然是第一大户，重新执掌乡约。周家有一座远近闻名的屯庄烧坊，据说味道醇厚，远销北疆一带，为周家赢得了名气，也积累了财富。谷家后来出了个人才，在古城子县衙做了参议，一时得势，谷家获准开垦荒地，几年时间置地千亩，养了一大群牛羊，开油坊，开磨坊，开醋坊，家业越来越大。此时，谷氏家大业大，县衙又有人做官，开始与周家竞争乡约。尤家从车马户起家，开商铺，开药铺，办粉坊，家业兴起。为了与周谷两家抗衡，据说尤家老太爷下了大本钱，用五匹巴里坤快马换得一张虎皮送给古城子的县太爷，第二年就当上了乡约。尤家这一动作改变了三屯庄轮流执掌的格局，原本的平衡被打破，三家大户开始了混战。多年来你争我夺，引发了许多争斗，是是非非、恩恩怨怨伴随了百余年。

除了屯区管理，城防工程也是乡约每年的一件大事。早些年修补城墙加固城防，村上十八岁以上男丁都要参加，担任乡约的屯庄作为主家要宰杀一头牛，请道士在城隍庙举行隆重的祭祀仪式，焚香祈祷之后，将牛头骨架挂在城门楼子上，乡约带着男丁举着镐头铁锹等工具绕城一圈，城墙四角都要祭奠，告慰修城而死去的亡魂和那些为守卫城池而亡故的将士们，也激励现在守城的乡勇要英勇顽强守卫古城。祭祀仪式之后，就在城南搭起棚帐、支起案板、垒砌锅台、煮肉做饭，主厨一般都是屯庄家的，帮厨的多是出不了男劳力的家户婆姨，也有饭做得好、刀把子蒸得好的主妇被专门请来，主家付些工钱。

民国后期，屯庄大户逐渐走向衰败，新兴大户相继出现，随着民选制度和形势发展的需要，其他姓氏争得执掌乡约的机会，这为古镇的治理带来了活力。马匪和叛匪被剿灭后，乡村慢慢太平了，这种流传百年的修城祭祀的仪式，也就简化成乡约的一通话，宰牛换成宰羊，城门楼子上的牛头换成了羊头。不过，搭棚子、支案板、垒锅台，那套造饭的规制还保持着，以保证修城补墙的劳力和外面请来的木匠泥瓦匠的伙食。

修城固防毫无疑问是非常重要的，更重要的是凝聚人心，汇聚起这座百年古镇的强大力量，和体现古镇人吃苦耐劳的坚毅和自信。这些风雨吹不倒的韧劲和岁月压不垮的朴素品质，也是我许多年后流连古城断壁残垣获得的一种精神感召。

是的，几千年来，万里长城作为中华民族的代表性符号，具有深厚的文化底蕴和精神内核，正如千里黄河水滔滔，经久不息。

古 庙 记

民间流传,东城古镇暗藏玄机,南北朱雀玄武,东西青龙白虎。南面的鸡心梁上雪山巍峨,远远望去像朱雀展翅;北面戈壁上的黑山头一峰突起,像一只巨龟卧在山梁上;东梁高低起伏蜿蜒伸入戈壁,恰似一条游走的青龙;屏障似的碉堡梁,宛如一头巨虎,守护在河谷西岸,确保古镇平安。

古镇上有七座庙,城南三里西河坝边的游神庙,城东南三里四道沟的土地庙,城东北角的寄骨殖庙、娘娘庙、财神庙,城西北角的关帝庙,城正北方向的老君庙。这座三百来人口的边疆古镇,一城三庄七庙,七座庙宇呈北斗七星状分布,风水特别。

朝廷平定准噶尔叛乱后,筑城固边,东吉尔玛台城堡和关帝庙都是绿营兵建的。老人们说,从穆垒城到木垒城,自古到今有五座城,唐朝修的独山城,西辽修的可敦城,岳将军筑的穆垒城,乾隆爷建的木垒城,也叫东吉尔玛台城,民国重修木垒河城。

历史上的东城古镇，除了这七座庙，据说家家户户都有家庙，到底有多少座，没有人确切地知道。自清代中叶以来，朝廷大批迁移甘陕民户屯垦戍边，至新疆和平解放前近二百年时间里，古镇上确确实实存在过几座较有影响力的庙宇。所谓的有影响力，就是规模比较大，流传的频次比较密，也可以说，与当地人生产生活息息相关。老辈人说的最多的，是娘娘庙；最诡异的，是寄骨殖庙。关帝庙、财神庙、老君庙也被人们津津乐道。

其实，史料上并没有关于这些庙宇更详细的记载，《清史稿》等相关典籍上出现最多的，是东吉尔玛台，记载的主要是关于屯垦和驻军的内容，比如某年某月从某地迁来的屯民户数、具体安置情况、驻军多少，其中绿营兵多少、骑兵多少等等。

然而，有关这些古老寺庙的许多故事却在民间流传着，伴随着庄稼和人口一起繁衍，久而久之，原有的庙宇虽已破败，或已消失，而庙里的故事却并没有因此止步，一直流传着，并且不断演化出新的故事。二百多年来，这些广泛流传的民间故事已经成为村庄的记忆，成为一代代人成长的记忆，深入血脉，成为东城古镇不可分割的重要组成部分，它们与生活在这里的一辈一辈的人、一年一年的庄稼，包括牛羊、树木、青草一样生生不息，它们与古城、庙宇、山川、河流和广袤的大地连为一体，共同构成这座百年古镇鲜活的历史。

这些寺庙到底是啥时间建的？是啥人建的？古镇上没有人能说得清。根据现有史料记载、民间传说和田野调查，这些或隐或现的证据，有了一个与历史相吻合的相对客观的推断。

关帝庙是东城最早的庙，是乾隆三十八年（1773），由驻防官兵修建的。娘娘庙是周家执掌乡约时集资修建的，每年三月三日都要办庙会。财神庙是谷家当乡约时集资修建的，每年正月初五和七月二十二日都要祭祀财神爷。寄骨殖庙是凉州会馆集资修建的，乾隆、嘉庆年间甘肃凉州迁到东城的户民比较多，一些无力埋葬的尸体或者准备以后带回故土的尸骸，暂时存放在寄骨殖庙里，专门有人看管，每年清明和七月十五，家属还要请和尚道士念经，超度亡灵……

杨增新就任新疆督军以来，非常重视教化百姓，他的教本就是庙宇。他说，中国自古崇尚孔孟之道，庙宇就是百姓心中的国家，只要庙宇在，传统就在，礼教不废，百姓安居。那些年，新疆各地都在大兴土木修建庙宇，建文庙，建武庙，建娘娘庙，建财神庙……

民国初年那段时间，东城古镇上的几座古庙也得到了修缮，娘娘庙扩建了关煞洞，政府扩大了庙公地以保障庙宇的修缮维护，庙沟梁的一百多亩土地全部划给娘娘庙做庙公地，东梁的一百多亩地划给关帝庙，西梁的六十亩地划给了财神庙。庙公地的一部分提留给乡约做"年俸"补偿，其余供庙宇的看管、修缮及香火开销。

关帝庙，在古城堡西北角，是东城古镇最早的庙宇之一，据说是东吉尔玛台城堡建成后，由驻防的绿营兵依照朝廷敕令修建的，是一座凝聚军心的神庙。我不知道那个时代的军人是不是都崇拜关公，但有一点是肯定的，至少政治层面是推崇关公的，曹操当年赞赏关羽"事君不忘其本，天下义士也"。自宋朝以来，历朝历代对关公多有褒封，宋徽宗封他为"义勇武安王"，明神宗封他为"关圣帝君"，清世祖封他为"忠义神武关圣大帝"，清高宗称其关夫子，与文圣孔子并称武圣，由此，关羽由"侯而王"，"王而帝"，"帝而圣"，可见他在中国历史上的特殊地位。关公信仰在民间更甚，一些地方的关庙远多于孔庙，也是佐证。《清史稿》中有多处关于朝廷敕令修建关帝庙的记载。对于东吉尔玛台城堡这座驻军300余人的军事要地，修建一座关帝庙也在情理之中。

关帝庙是古镇规模最大的寺庙，正殿两旁还有配殿，曾经是乡公所的办公地点。正殿供奉着泥胎彩塑关公的坐像，醒目的大红脸让人可亲，微闭的丹凤眼不怒自威，右手捋着长过胸腹的黑胡须，左手空悬，据说以前握有一部《春秋》，年久失修掉落了。关公左面站着关平，银盔白甲，手按宝剑，英俊勇武。右边是手握青龙偃月刀的周仓，面色铁黑，目光中射出一股雄武之气。

寄骨殖庙，也称作寄骨什庙，是存放尸骸的庙宇。其实，它真正的名称应该是城隍庙。我不知道东城古镇人为啥不叫城隍庙，而非要叫寄骨殖庙，或许就是特殊历史阶段的特殊功用，人们习惯成自然，叫的人多了，时间久了，约定俗成，而真正的名称却被忽略了。根据我的推断，寄骨殖庙建成时间应该在关帝庙之后。

土地庙，是中国古代乡村最常见的寺庙，反映了农耕民族对土地敬重，是一种历史深远的传统文化，可以说，有耕地处皆有土地庙。东城古镇最早的土地庙，据说是四道沟坡梁上的那座土地庙，是屯垦户民自行修建的民间寺庙，比较简陋，而建成时间可能不晚于关帝庙。土地庙门门框上有一副木刻楹联，上联：土能生万物；下联：地能发千祥。

土地庙正对门靠墙处有一个死灰冷灶的祭祀台，中央是黄泥塑的土地爷，身上披着一件落满灰尘且陈旧不堪的黄披巾。土地爷左边供奉着一件石棒槌，半尺来长，形状极像男人的阴杆儿。右面供奉着一件碗口大小的石器圆盘，中间开一圆孔。那酷似男根的石棒槌，人称石祖，是土地爷繁衍子嗣的阳根。右边中央开洞的石盘，人称女根，是土地奶孕育儿女的阴户。每年春天播种之前，农人们都要到土地庙敬香，将石祖插进石盘，祈求风调雨顺，五谷丰登。一些人家春耕之时干脆把男根女根埋在地里祈求作物生长繁衍生息。

这个习俗是啥时代传下来的，没有人知道。许多年以后，四道沟古墓出土的石祖石盘跟土地庙里供奉的一模一样，据专家考证，是三千年前的石器。

财神庙、娘娘庙、老君庙，都是后来修建的，是东吉尔玛台屯垦经济有了一定发展之后才出现的，这些都是典型的西北乡土文化、村落文明的标志性的文化符号，是了解那段历史的钥匙，是打开那个时代人们心灵的窗户。

游神庙，也称游石庙，距古城堡南二里地，四道沟坡梁西面，红山嘴下河谷右岸台地上，有一座简易寺庙，里面供奉着一块一人高的巨石，远看像一位老者，非僧非道，非常神秘。无论白天还是夜晚，你从任何方向看去，那石人总是看着你，让人不寒而栗。据说，这块石头非常神奇，白天化作一块人形巨石，守望在河谷西岸。每到夜晚，那石人就游走四方，惩恶扬善，留下许多神奇的传说故事。

那块巨大的游石到底有没有灵验,许多年来没有人证实过。然而,在当地人朴素的信仰里,那是神的存在,非常敬重,每当人们上山拉柴经过游神庙,都要提上润滑车轴的膏油瓶,在石人头顶抹些黑油,祈求平安。天长日久,石人油光发亮,雨雪不沾,既便是黑夜,也能看到其光芒,非常神奇。

三门对戏台

关于三门对戏台，古镇上了年纪的人都知道，那是东城古镇繁华的标志之一。

古城堡南面是山区；东面有钱庄等商埠；西面有部分居民；北面是集镇中心，屯庄、庙宇和主要商埠均在这一片，从方位上说，财神庙、寄骨殖庙、娘娘庙都在古城堡北面，财神庙东面是寄骨殖庙，寄骨殖庙北面是娘娘庙。娘娘庙有两进院落，西面是一座戏台。财神庙门向北开，娘娘庙和寄骨殖庙门均向西开，三座庙门正对戏台，就是古镇老人们说的"三门对戏台"。

三门对戏台，表面上说的是三座庙的特殊布局，实际上说的是热热闹闹的娘娘庙会。

一年一度的庙会，最早是由三家大户轮流承办，场面非常大。庙会之前，承办方要对戏楼装饰一新，提前请好戏班，安排好各种节目和活动。

庙会那日，戏台两边挂起一串红灯笼，台下站满了古镇周边四道沟、沈家沟、孙家沟、高家沟等处赶来看热闹的人。庙门外面，卖烧饼的、卖烧洋芋的、卖杏干的、卖糖人的、卖茶水的，还有卖灯花的，卖洋火的。有挑着担担赶来卖针头线脑的货郎子，也有专程从古城子木垒河赶来的商贩，摆摊售卖各色花布绸缎、雪莲贝母苁蓉锁阳甘草等各种药材、镰刀锄头坎土曼铁锹犁头等各种农具、砖茶花茶各种茶叶，各式各样，应有尽有。

据说有一年，一个外地卖浆水的女人在那里怪声怪气地叫卖："冰凉的，酸溜的，刚挑来的，娘娘庙的，浆水爽口，快来尝啊！"她咬字不清，把"娘娘庙的"说成"奶奶尿的"，惹得众人忍俊不禁。

一般年份，大户人家承办庙会，请个戏班唱大戏、"鸡脚神"、"挂灯"等，这样的节目上一个就算大场面了。人们到娘娘庙敬一炷香，拜一拜娘娘，看看戏就很知足了。

据说民国后期，古镇最红火的一次庙会是尤家承办的。这一次，尤家夸下海口，说要请古城子的戏班子来，喜神会上既要唱大戏，还有"抢童子"，要办一场东城自古以来最热闹的庙会。

尤家承办的这次庙会的第一场戏是《大上吊》，只见一位身着淡蓝色短衫长裤的年轻女子咿咿呀呀地哭诉,言辞悲切,甚是可怜,台下的女人跟着抹眼泪。一会儿,一个黑衣小鬼贼眉鼠眼来拉她,那女子使劲挣扎着摆脱他,小鬼一边使劲纠缠,一边伸着红舌头向台下的观众作怪相,引得台下的人一阵好笑。小鬼尖着嗓子唱道:

阳间苦,阴间好,

阴间穿的花袄袄,

阳间穿的破皮袄。

…………

那女子更加惊恐,奋力摆脱小鬼的纠缠,小鬼拽住那女子死磨烂缠就是不放手,台下开始嚷嚷了,有人骂那刘全眼瞎了,也有人说那化缘僧的不是,更多的人是同情善良的李翠莲……

第二场是《小姑贤》。刚开始,年轻寡妇姚氏在唱她年轻守寡,含辛茹苦拉扯一对儿女,唱词凄切伤感,奶奶和叶禾都落泪了。后来姚氏做了婆婆却变得一副狰狞模样,偏爱自己的闺女英英,找碴儿刁难儿媳妇,嫌她饭做得不好,嫌她鞋底纳得不整齐,嫌她打扫院子不干净,还让儿子休妻,那股狠劲儿让人愤怒,台下有人怒骂。多亏英英机灵善良,出主意让哥哥拿棍子打椅子垫,让嫂子假装哭喊,英英对母亲说嫂子被打死了，姚氏吓慌了神，人们大笑不止。

第三场一开场就是酸曲子，婆姨们不愿观看，就到娘娘庙后院，钻关煞洞。

关煞洞里面黑漆漆一片，隔一段点着一盏蜡烛，光线微弱。婆姨们一步一步摸着往前走，洞道两边都是泥塑神像，据说是七十二地煞星，面目狰狞，姿态各异，十分恐怖。老人们说，钻了关煞洞，可以辟邪消灾，保一生平安。

三场戏后开始"抢童子"。一群婆姨围拢到送子殿，穿短衫的穿长裙的花花绿绿跪了一地，在娘娘塑像前磕头祈求祷告念念叨叨，她们中有容光焕发的年轻婆姨，也有脸上已有皱纹年老的婆姨。老人们说，只有现场抢得才灵验，弄虚作假得罪娘娘要遭天谴。

尤家承办庙会之后的几年里，周家、谷家相继衰败，再也无力铺张了。古镇上一年一度的庙会形式还在，表演的节目和热闹气氛大不如从前了。再后来，受马匪入侵和新疆持续的乱局影响，庙会更加简单，而古镇人追求快乐的希望还在。

后　　记

我是土生土长的木垒人，20世纪20年代，祖父那一代自甘肃民勤迁居木垒东城，至今已近百年。

多年来，我利用业余时间写作，无论诗歌、散文，还是小说，我书写的主题始终是新疆大地，尤其是家乡木垒。我心里装满了这片土地独特的山水、风物和历史。我喜欢用诗一样的语言描绘它偏僻的宁静，用散文的笔调叙述它古朴的风土和人情，用小说的形式讲述百年历史变迁和人们的生存状态。

东城，这座位于丝绸古道新北道东天山下的百年古镇，最早的农耕历史可以追溯至三千年前，古城南边的四道沟古人类文化遗址，考古发现有黑麦种子和农耕器具，史料上也有汉唐时代屯垦的零星记载。清乾隆年间，朝廷平定准噶尔叛乱，筑城修堡，从河西等地迁移人口屯垦戍边，经历兵屯、民屯、犯屯等不同阶段，百余年后形成一座物产丰富、商铺遍街的繁华古镇。当地人半耕半牧，说着带有甘陕味道的兰银官话，生活习俗与河西地区相近，饮食更接近甘肃风味。家家户户是清一色的拔廊房，这种具有西北典型特色的民居村落，成为东天山下一道奇特的景观。解放以后，随着江苏、四川等地支边青壮年迁入此处，文化、习俗、生产、生活不断融合，形成风格独特的古镇文化。

这座百年古镇是如何形成的？独特的文化密码是什么？

几十年来，我借助历史资料、家族记忆、自身经历，包括奇闻异事、民间传说，对古镇、古城、古庙的百年历史进行了复原，对人们的生产生活状态变迁进行了还原，对故乡朴素的文化心态进行了剖析，让朴素的更加淳朴，让美好的更加美好，这是古镇的灵魂。

《古镇密码》这部书稿，收录了"东城记""东城小学记""古镇人物记""古镇事物记""乡村游戏记""乡村杂记""古庙记"七辑，都是有关东城古镇的记忆。后面，我将陆续完成有关乡土文化、特色饮食、传统作物、乡村歌谣等内容的系列创作，丰富这种记忆。

谢耀德

2024年7月12日